TUBERCULOSE

DES

CAPSULES SURRÉNALES

ET

INSUFFISANCE CAPSULAIRE

PAR

Le Dr Daniel CHESNEAU

DE L'UNIVERSITÉ DE PARIS
ANCIEN EXTERNE DES HOPITAUX DE PARIS
MÉDAILLE DE BRONZE DE L'ASSISTANCE PUBLIQUE

PARIS
GEORGES CARRÉ ET C. NAUD, ÉDITEURS
3, RUE RACINE, 3

1900

TUBERCULOSE

DES

CAPSULES SURRÉNALES

ET

INSUFFISANCE CAPSULAIRE

PAR

Le Dr Daniel CHESNEAU

DE L'UNIVERSITÉ DE PARIS
ANCIEN EXTERNE DES HOPITAUX DE PARIS
MÉDAILLE DE BRONZE DE L'ASSISTANCE PUBLIQUE

PARIS
GEORGES CARRÉ ET C. NAUD, ÉDITEURS
3, RUE RACINE, 3

1900

A MA MÈRE

A MES PARENTS

A MES AMIS

A MES MAITRES

A MON PRÉSIDENT DE THÈSE

M. LE PROFESSEUR HUTINEL

PROFESSEUR DE PATHOLOGIE INTERNE
MÉDECIN DE L'HÔPITAL DES ENFANTS ASSISTÉS
MEMBRE DE L'ACADÉMIE DE MÉDECINE
CHEVALIER DE LA LÉGION D'HONNEUR

INTRODUCTION

« Mon expérience, écrivait Addison, en parlant de la « maladie qui porte son nom, me donne à croire que « cette affection n'est pas très rare et que, quand on « sera mieux familiarisé avec ses symptômes et son mode « d'évolution, on arrivera à discerner bien des cas qui « actuellement passent inaperçus ou sont méconnus. »

Nous ne sommes plus en 1855 mais combien de fois encore de nos jours la maladie d'Addison est-elle une découverte d'autopsie ? Combien de fois nous échappe-t-elle ? C'est que, si l'on sait aujourd'hui (ce que nous a appris Ball dans son intéressante statistique) que le syndrome d'Addison est le plus souvent le fait d'une lésion destructive des capsules surrénales d'origine tuberculeuse, on oublie que, fréquemment, cette lésion est latente, qu'elle évolue sourdement, surprend son malade et l'abat tout d'un coup alors qu'il paraissait en parfaite santé, et on ignore que cette lésion on la peut dépister facilement, si l'on est prévenu à temps, car la bacillose des capsules surrénales est rarement primitive. Elle succède presque toujours à une lésion ganglionnaire, osseuse ou à une autre localisation viscérale.

Devant de si fréquentes erreurs, il importait de rappeler la marche clinique que pouvait affecter une *lésion destructive tuberculeuse des capsules surrénales*, marche clinique que de récentes observations ont montrée parfois bien différente du type classique laissé par le médecin de Guy's hospital. N'était-il pas non plus utile d'insister sur l'évolution rapide, sur la terminaison brusque, comme brutale, qu'elle peut présenter, afin d'en prévenir à temps les familles et de dégager sa responsabilité ?

C'est à ce travail plein d'intérêt et guidé par les travaux de Langlois, Pettit, Dupaigne, Thiroloix, Alezais et Arnaud, par l'excellent article de M. Brault dans le Traité de médecine et surtout par l'intéressante et originale publication de Sergent et Bernard dans les *Archives générales de médecine* « Sur un syndrome clinique non addisonien à évolution aiguë, lié à l'insuffisance capsulaire » que nous consacrerons ces quelques pages.

Qu'il nous soit permis avant d'entrer en matière de témoigner notre gratitude aux maîtres qui pendant de longues années nous ont prodigué leurs conseils et leur précieux enseignement.

MM. les Drs Feillé, Charrier, Marot, Monprofit ont guidé nos premiers pas. Le Dr Thibault nous a témoigné maintes fois un affectueux intérêt dont nous gardons le meilleur souvenir. A ces excellents maîtres de l'École d'Angers nous payons ici notre première dette de reconnaissance.

MM. les P[rs] Panas et Hutinel nous ont accordé toute

leur bienveillance et nous n'oublierons pas l'affabilité et la vaste érudition du premier non plus que la paternelle bonté et la science clinique du second. Nous nous rappellerons longtemps les savantes leçons professées soit à la clinique ophtalmologique de l'Hôtel-Dieu, soit aux Enfants Assistés alors que nous avions l'honneur d'être leur externe.

MM. les P[rs] agrégés Peyrot, Chauffard, Gilbert et Bonnaire nous ont accueilli avec trop d'amabilité, nous ont témoigné eux aussi trop d'intérêt pour que nous oubliions que le temps passé comme externe dans leurs intéressants services de Lariboisière, Cochin, Broussais, nous a permis de profiter de leur science clinique et de nous attacher avec intérêt aux questions qui les passionnent eux-mêmes et où ils sont passés maîtres : chirurgie ou obstétrique, pathologie générale ou clinique pure.

A nos plus jeunes maîtres, les Drs Souligoux, chirurgien des hôpitaux, M. Chaillous, Castaigne, à mon excellent cousin le Dr Lucien Beaumé nous rendons ici l'hommage de notre reconnaissance pour leur amitié dont nous sommes si fière et pour les témoignages multiples de sympathie qu'ils n'ont cessé de nous prodiguer durant le cours de nos études.

M. le Pr Hutinel nous fait aujourd'hui un nouvel honneur en acceptant la présidence de notre thèse, nous le prions de bien vouloir accepter nos remercîments.

Nous examinerons d'abord la forme commune de la tuberculose des capsules surrénales, celle qui revêt le *syndrome addisonien.* Les traités classiques en donnent bien, il est vrai, une description très complète mais ils n'insistent pas assez, à notre sens, sur les phénomènes que nous voulons surtout mettre ici en relief, c'est-à-dire les *accidents terminaux.*

Quelques observations suivies d'un court développement en rappelleront dans un premier chapitre la marche clinique. Puis nous insisterons sur les caractères communs qui les unissent aux autres formes plus rares, notamment à celles que M. le Pr Dieulafoy a décrites sous le nom de « formes frustes » et à celles, qu'avec Sergent et Bernard, on peut considérer comme liées plus spécialement encore à l'*insuffisance capsulaire.* Ces dernières feront l'objet d'un deuxième et d'un troisième chapitre.

CHAPITRE PREMIER

Tuberculose des capsules surrénales avec syndrôme complet d'Addison.

Nous n'insisterons pas bien entendu, sur les formes à nos yeux peu intéressantes, qu'affecte souvent la tuberculose des capsules surrénales. Nous voulons parler des cas où le malade est moins un capsulaire qu'un tuberculeux pulmonaire, qu'un phtisique. La lésion secondaire dans ces cas, ou la généralisation est trop évidente pour prêter à l'erreur. Nous n'en voulons que la preuve suivante que nous donne M. Rendu dans le *Bulletin de la Société médicale des hôpitaux* du 24 février 1899.

Observation I. — Rendu. (*Bull. Soc. Medic.* Hop. 24 fév. 1899.)

Il s'agit d'un typographe de 38 ans présentant les signes d'une tuberculose pulmonaire manifeste évoluant à la façon d'une phtisie galopante et présentant sur le dos de la langue et dans la bouche des marbrures brunâtres caractéristiques. La pigmentation est des plus nettes. Les autres signes de la maladie d'Addison se perdent dans le tableau de la tuberculose pulmonaire. Il s'éteint asphyxique comme un tuberculeux ordinaire.

L'autopsie montre des cavernes des plus nettes dans les deux poumons et une capsule surrénale gauche sclérosée alors que la droite est pleine de granulations caséeuses.

Dans ces cas le malade « tombe du côté où il penche », suivant le mot de Peter, et la mort arrive par cachexie progressive, par tuberculisation aiguë terminale; rarement, pour ainsi dire jamais par intoxication, par insuffisance capsulaire.

Les faits qui nous intéressent et que nous voulons surtout mettre en évidence ne sont pas ceux-là. Ce sont les cas où la lésion primitive extrapulmonaire est restée ignorée du malade et de son entourage ou a été considérée par eux comme négligeable, non dangereuse (des ganglions tuberculeux cervicaux par exemple), cas où l'appareil respiratoire est resté indemne ou presque indemne de toute lésion. Or ces cas-là sont fréquents et la littérature médicale nous en offre de nombreux exemples.

Nous en citerons un certain nombre pris parmi les plus typiques.

Observation II. — Poulain. (*Bull. Soc. Anatom.*, juin 1899.) Tuberculose caséeuse localisée aux capsules surrénales. Syndrome de la maladie d'Addison. Erythème scarlatiniforme desquamatif.

Homme de 38 ans, menuisier, entre à Broussais en avril 1899 pour fatigue très accentuée.

A. H. Frère, mort de tuberculose pulmonaire. Ses autres parents sont bien portants.

A. P. Soigné en 1888 à Tenon pour une éruption caractérisée par une rougeur diffuse de tout le corps avec desquamation.

En 1897 entre à Aubervilliers pour une affection fébrile qui semble avoir été une fièvre typhoïde. A la suite de cette affection, le malade rapporte qu'il a souffert d'un abcès situé en avant de la première *pièce du sternum. Cet abcès aurait suppuré plusieurs mois.*

On en voit encore actuellement la trace sous forme d'une cicatrice adhérente à la face antérieure de l'os et déprimée.

Le début de l'affection actuelle semble remonter à 5 ou 6 mois. Depuis cette époque il n'exerce qu'avec peine son métier de menuisier. Très vigoureux autrefois, il ne peut aujourd'hui se livrer à un effort pénible sans ressentir une fatigue exagérée l'obligeant à se mettre au repos. C'est ainsi qu'il passe dans son lit la plus grande partie de ses dimanches et de ses loisirs. En même temps, vagues douleurs dans les membres inférieurs (les articulations, l'épaule droite). Il y a cinq semaines cette asthénie s'accentue. Il dut interrompre son travail étant à tout instant hors d'haleine et ressentant très souvent des vertiges. Il entre à l'hôpital le 26 avril.

A ce moment le malade est sensiblement amaigri, mais il n'éprouve aucune douleur. Il est dans un état d'asthénie très prononcé et se plaint de troubles gastro-intestinaux caractérisés par des vomissements et de la constipation.

Ces vomissements sont bilieux ou alimentaires. A l'examen, pigmentation brunâtre très accentuée sur tout le corps. Série de taches bleuâtres à la face interne des joues, sur les bords de la langue donnant à cette région une apparence tigrée.

L'ensemble de ces signes fait porter le diagnostic de maladie d'Addison.

Poumons, cœur, foie et rate sont normaux. La température oscille entre 37 et 38°,5. Cet état se maintient stationnaire les jours suivants pendant lesquels on note quelques vomissements.

Le 30 avril on est frappé par l'apparition d'une éruption généralisée qui prend tous les caractères d'un érythème scarlatiniforme desquamatif et envahit le tronc, les membres et la face. Pas de catarrhe oculo-nasal. L'apparition de cet érythème s'accompagne de symptômes généraux intenses : vomissements répétés et bilieux prostration, fièvre vive (40°,6), céphalalgie.

Les jours suivants l'érythème continue d'évoluer mais la fièvre est moins vive. Le 2 mai la température est normale. Cependant les vomissements persistent, le pouls reste à 120 et la nuit suivante les symptômes généraux reparaissent avec une nouvelle intensité. La température remonte à 40°. Le pouls marque 140. Les vomissements sont abondants et répétés. Le malade est délirant, très agité, dyspnéique. Puis à trois reprises dans la journée on assiste à des crises épileptiformes limitées à la face et aux membres. Anurie absolue. Le malade tombe dans le coma et meurt le 4 mai à 1 heure du matin.

A l'*autopsie*, on constate que les poumons et le cœur sont sains. Le foie est normal. La prostate et les autres organes ne présentent aucune lésion. N'était la cicatrice déprimée du sternum, vestige probable d'un ancien abcès froid, il serait impossible de trouver une trace de tuberculose antérieure chez ce malade.

Seules les deux capsules surrénales sont volumineuses et transformées en cavernes pleines de matière caséeuse.

Degré très marqué de chromatolyse par la méthode de Nissl dans les ganglions sympathiques.

Observation III. — Tuberculose des C. S., du corps des vertèbres lombaires et des ganglions, mélanodermie, intégrité des poumons. — Gilbert et Grenet. *Revue de Clinique et de Thérapeutique*. Paris 1898.

Il s'agit d'une laitière de 41 ans entrée le 14 décembre 1896 à Broussais. Service de M. Gilbert.

Bien portante jusqu'en janvier 96. A cette époque, elle ressentit des douleurs violentes à la région lombaire, douleurs exaspérées par la marche. En avril, mêmes phénomènes douloureux du côté du membre inférieur gauche qui disparaissent par l'emploi de l'antipyrine. La santé générale s'altère, l'appétit diminue. Les vomissements sont fréquents, pas de diarrhée. La malade devient extrêmement faible. Son teint devient plus foncé. En octobre, elle constate que ses doigts se refroidissent facilement et sont le siège de fourmillements. La circulation se rétablit une heure ou deux après.

A la fin d'octobre, la marche devient plus pénible, les douleurs augmentent d'intensité, sa lassitude devient extrême et à partir du commencement de novembre la malade ne quitte plus son lit. Les troubles digestifs s'accentuent, le lait, même en petite quantité, est souvent vomi.

Elle entre à l'hôpital le 14 décembre.

De constitution robuste, bien qu'un peu amaigrie, cette femme frappe surtout par son état de prostration et d'accablement.

Étendue dans le décubitus dorsal, elle reste immobile et se plaint dès qu'on veut la remuer. Pigmentation de la peau et des muqueuses. La pointe du cœur n'est pas sentie à la palpation. Les bruits cardiaques sont assourdis. Pouls radial petit, faible, bat à 80. Les extrémités sont froides, cyanosées. Peu d'urines, 200 grammes en 24 heures. Hyperesthésie cutanée. Pas de troubles psychiques. Appareil respiratoire normal.

Le 25 décembre, elle s'alimente mieux, ne vomit pas.

Le 28 décembre, diarrhée abondante.

Le 29 décembre. L'amélioration ne persiste pas. Prostration extrême. Dans la nuit du 2 au 3 janvier : frissons, nausées, diarrhée. Température entre 39 et 40.

Pouls 120. Rien aux poumons.

Le 5 janvier, délire dans la nuit, n'a pas cessé de crier. Hyperesthésie cutanée.

Carphologie. Langue rouge, sèche. Pupilles dilatées. Nausées, vomissements fréquents. Refroidissement et cyanose des extrémités. Pouls radial imperceptible. Dyspnée. 28 respirations par minutes. Mort à quatre heures.

Autopsie : Masses caséeuses des deux capsules. Carie des trois premières vertèbres lombaires, comme les ganglions lombaires, d'origine tuberculeuse. Nombreux bacilles.

Rien aux poumons, aux méninges ni au cerveau.

Observation IV. — Castaigne. *Bull. Soc. Anatom.* juin 1897.

Il s'agit d'un malade entré dans le service du Dr Achard dans un coma profond et qui mourut le soir même sans qu'on ait pu avoir de renseignements précis. Le diagnostic cependant n'était pas douteux, la pigmentation de la peau et des muqueuses était typique. Cette teinte bronzée n'aurait débuté qu'il y a environ deux ans. Du reste la mélanodermie aurait été le seul signe de sa maladie qui ne l'aurait jamais forcé à interrompre son travail avant les accidents terminaux ayant entraîné sa mort. Le malade serait tombé brusquement en traversant la rue et n'aurait pas pu se relever. Quelques heures après, on nous l'amena à l'hôpital comateux et il mourut le jour même. En somme, on se trouvait en présence d'une paraplégie brusque survenue chez un addisonien et rapidement suivie de coma et de mort.

L'autopsie montra que la cause de la paraplégie brusque était due à un mal de Pott latent jusqu'au dernier moment. Un abcès par congestion siégeait au niveau du corps de la 7e dorsale qui s'était effondrée et avait entraîné la compression de la moelle.

Les capsules surrénales pesaient 40 grammes chacune et étaient complètement caséifiées.

Observation V. — Lancereaux. *Archiv. gén. de Méd.*, janvier 1890. — Tuberculose des C. S. et névrite concomitante ; mélanodermie, dyspepsie avec inappétence et dégoût des aliments. Intégrité presque complète des poumons. Tuberculose du vagin, de l'utérus et des trompes utérines.

Couturière de 37 ans. Réglée à 15 ans a cessé de l'être un an plus tard. Mariée deux fois sans enfants. Atteinte de dyspepsie depuis 1883. Éprouve de temps à autre des crises douloureuses dans l'hypocondre droit. En novembre, tombe dans un état de faiblesse tel qu'elle a peine à se tenir debout. A partir de ce moment, sa peau commence à prendre une teinte foncée. L'appétit ne tarde pas à disparaître. Dégoût pour la viande. Vomissements alimentaires, muqueux et biliaires.

12 février 1885. — Pigmentation de la peau et des muqueuses. Asthénie complète. Étendue sur son lit, elle dort une partie du temps et cependant éprouve une fatigue continuelle. Vomit ses aliments. Pouls fréquent, cœur normal. Température 38° le soir. Diminution de la sonorité et de l'élasticité au poumon droit. Toux rare, sans expectoration. Palper douloureux au niveau du rein droit.

16 au 20 février. — Facies altéré, abattement progressif. Pouls petit, difficile à saisir. 96 pulsations. Urines peu abondantes, précipité albumineux.

20 au 24 février. — La toux cesse, les vomissements continuent. Douleurs à la région épigastrique. Pouls petit, ne dépasse pas 100. Température, le soir, 40°. La nuit suivante, agitation et délire. Le lendemain, le délire persiste, les traits sont altérés, les yeux excavés, les vomissements durent une partie de la nuit. La température monte à 40°,2. Le 24 février, à 6 heures du matin, la malade succombe.

Autopsie. — Quelques granulations crétacées aux sommets des poumons. Cœur volumineux. Sur le mésentère et les anses intestinales, quelques granulations disséminées, fines, saillantes. Vulve pigmentée. Magma jaunâtre au fond du vagin et au niveau du col de l'utérus. La cavité de cet organe est remplie par une substance caséeuse. Des granulations tuberculeuses infiltrent la muqueuse. La trompe gauche est distendue par un magma caséeux. A la partie supérieure et postérieure du vagin, on voit quelques ulcérations tuberculeuses. Masses caséeuses dans les 2 capsules. Huit ou dix ganglions indurés englobent les splanchniques et leurs ganglions qui sont altérés.

Observation VI. — Martineau. *Observation V de sa thèse.*

Carie des septième et huitième vertèbres dorsales, chez un homme de 42 ans. Saillie anguleuse très prononcée à leur niveau.

Abcès ossifluant s'ouvrant dans le rectum. Quatre ans après, maux de reins violents, affaiblissement progressif. Constipation opiniâtre. Urines non albumineuses. Mieux sensible depuis qu'il est au repos. Puis nausées, vomissements, coma. Pouls normal. Mort deux heures après. Quelques rares tubercules gris au sommet des poumons. Tuberculose bilatérale des capsules surrénales.

Observation VII. — Malherbe. *Gazette des Hôpitaux*, 1856.

Femme de 48 ans, à la suite d'une émotion vive, est prise de faiblesse, de douleurs vagues dans l'abdomen et dans les membres. Ganglions cervicaux et sous-maxillaires droits sont très engorgés. La faiblesse devient extrême, le pouls est lent, les vomissements apparaissent.

La mort arrive au bout de 18 mois.

Ganglions du cou tuberculeux.

Rien aux poumons.

Les capsules surrénales sont tuberculeuses.

Observation VIII. — Barker. *Medical Times and Gazette*, 1861.

Jeune homme de 23 ans ayant depuis longtemps des désordres à l'estomac. Bronzé depuis deux ou trois ans. Cachexie, vomissements, céphalalgie. Mort subite.

Les plaques de Peyer sont tuméfiées à leur surface. Quelques ganglions mésentériques sont augmentés de volume.

Les deux capsules ont perdu toute trace de tissu normal, elles sont bosselées et contiennent de nombreux tubercules. *Les autres organes sont sains.*

Observation IX. — Poirier. *Observation XIII de sa thèse*, 1880.

Homme de 39 ans, ayant fait depuis dix ans des excès alcooliques. Il y a un mois, fatigue, insomnies. Depuis son entrée à l'hôpital, prostration extrême, abaissement très marqué de la température. Teinte bronzée typique. Vomissements continuels. Quatre jours après son entrée, le malade meurt dans le coma.

Gastrite typique. Folliculite du cæcum.

Grosse rate. Masses tuberculeuses dans les deux capsules. *Rien ailleurs.*

Observation X. — Lavin. *Gaz. des Hôp.*, 1879. — Dans thèse de Poirier.

Jeune fille de 24 ans maigrit et vomit depuis deux ans. Peau bronzée. Asthénie profonde. Cinq jours après son entrée à l'hôpital elle est prise de délire, de hoquet, de vives douleurs au niveau du foie. Deux jours après, hoquet continuel, syncope, la malade ne reprend plus connaissance et meurt le lendemain.

A l'*autopsie,* on trouve la capsule surrénale droite remplie de masses tuberculeuses.

Les plaques de Peyer sont tuméfiées, saillantes. Rien d'anormal ailleurs.

Observation XI. — Cade. *Lyon médical,* juin 1898.

Il s'agit d'un homme de 46 ans qui présentait de l'asthénie, amaigrissement, pigmentation bronzée. Traces de tuberculose éteinte aux sommets des poumons. Évolution en un an (?). Nombreux ganglions prévertébraux. Masses caséeuses dans les deux capsules.

Observation XII. — Fresne. *Gaz. des Hôp.*, 1857.

Femme de 30 ans souffre de douleurs lombaires depuis un an. Peau bronzée depuis six mois. Quelquefois vomissements. Taches des muqueuses. Pouls petit, dépressible, précipité. Mouvements du cœur accélérés. Amaigrissement, perte progressive des forces.

Angine légère. Le lendemain, la malade meurt subitement avant la visite.

Adhérences épiploïques et intestinales. Tuberculose bilatérale des capsules. *Rien ailleurs.*

Observation XIII. — Bennett. *Medical Times and Gaz.*, 1856.

Garçon de 11 ans, grand, mince, bronzé, vient à pied à l'hôpital distant de deux milles de sa maison et retourne de même chez lui. Bronzé depuis six mois. Le lendemain de la consultation, il garde le lit, y reste pendant une semaine et meurt après avoir présenté de la diarrhée, des nausées et une série de convulsions.

A part les ganglions mésentériques qui sont caséeux et les capsules surrénales complètement détruites, aucune lésion n'a été constatée.

Observation XIV. — Knowsley Sibley. *The Lancet*, 1896.

Jeune fille de 20 ans, bien développée, rien d'important dans ses antécédents héréditaires. Gêne dans l'articulation coxo-fémorale à la suite d'une chute. Dyspepsie depuis deux ans. S'est aperçue que sa peau brunissait depuis quatre mois. Un mois après, palpitations, puis vomissements, puis syncopes. Rien à noter dans les différents organes qui sont sains. Cinq jours après son entrée à l'hôpital, vomissements, constipation, irrégularité du pouls.

Le neuvième jour, pouls presque imperceptible, bat à 130. Meurt subitement la nuit suivante.

Infiltration considérable des capsules surrénales. Les autres organes sont sains.

Observation XV. — Addison.

Homme de 35 ans dont la maladie débute par des vomissements, de la constipation, du délire et une grande faiblesse. Bronzé. Pouls faible. Épigastralgie violente. Engourdissement momentané des doigts, des jambes et du bout de la langue. Marche rapide (en six mois). Concrétions fibro-caséeuses dans les deux capsules.

Observation XVI. — Van der Corput. *Gaz. hebdom.*, juillet 1863, et thèse de Martineau.

Femme de 37 ans, ménagère, reçue à l'hôpital en 1862 pour une maladie bronzée. Douleurs épigastriques, vomissements et coloration brune de la peau. La mort survint brusquement le 30 novembre 1862. Pigmentation caractéristique de la peau et des muqueuses. Infiltration mélanique de quelques ganglions bronchiques. Infarctus pulmonaires. Tuberculose bilatérale des capsules surrénales.

Observation XVII. — Addison.

Jeune femme bronzée, asthénie, vomissements bilieux. Amaigrissement. Délire. Céphalalgie, vertiges. Abcès de la poitrine. Gonflement de la parotide droite. Les deux capsules sont tuberculeuses.

Observation XVIII. — Addison.

Homme de 58 ans affaibli depuis deux mois. Bronzé. Vomissements. Douleurs épigastriques. Pouls faible. Mort dans le marasme. Dépôts tuberculeux dans les capsules et la rate ainsi que dans le mésentère et l'épiploon.

Observation XIX. — Variot. *Journ. de Clin. et de Thérap. inf.*, janvier 1898.

Jeune fille de 14 ans ayant présenté des crises pseudo-méningitiques avec vomissements, fièvre, etc. Pigmentation addisonienne typique. On la soumet à l'opothérapie à son entrée à l'hôpital en juillet 1897. Le 3 août, douleurs vives au niveau des piqûres. Insomnie, agitation. La malade se retourne dans son lit et elle meurt.

Observation XX. — Variot. — *Id.*

Jeune fille de 14 ans 1/2, couchée salle Triboulet, n° 6. Antécédents héréditaires névropathes et tuberculeux. L'enfant ne toussait pas. Affaiblissement, lassitude, courbature la font quitter son travail de fleuriste le 7 août. Maigre, non réglée. L'état physique des organes ne révèle rien d'important. Température normale.

Le 9 août. — Nausées, vomissements alimentaires.

Le 10. — — — bilieux.

Le 13. — Diarrhée.

Le 14. — L'enfant se lève pour aller à la garde-robe, remonte dans son lit, pâlit soudain, elle est morte.

A l'autopsie, quelques rares tubercules disséminés dans les poumons. Tubercules caséifiés confluents jaunâtres remplissant les deux capsules.

Observation XXI. — Rendu. — *Méd. moderne*, mars 1899.

Jeune homme de 24 ans qui commence à pigmenter en septembre 1898. Vient à pied à ma consultation dans les premiers jours de janvier 1899. Pas trace à l'auscultation de tuberculose pulmonaire.

Quelques troubles dyspeptiques et une pigmentation caractéristique me font admettre sans hésitation le diagnostic de maladie d'Addison.

Quelques jours après, je suis appelé par la famille du malade et je constate chez lui des vomissements incoercibles, un affaiblissement extrême, un tremblement fibrillaire des muscles, une impossibilité absolue de monter ou de descendre les escaliers. Ainsi en huit jours la cachexie a fait des progrès extraordinaires. On met le malade sur un lit de sangle et il passe une journée assez bonne. Il se plaint surtout de douleurs atroces dans la région lombaire et d'une grande faiblesse dans les jambes qui s'engourdissent progressivement. En même temps, il accuse de la paresse vésicale, de l'incontinence d'urine, puis la faiblesse et l'engourdissement gagnent les membres supérieurs et l'on constate de l'obnubilation de la vue. Bref, tout se passe comme si l'on se trouvait en présence d'une paralysie ascendante aiguë. Vingt heures après, le malade a succombé. On dirait, ajoute M. Rendu, qu'il s'est produit chez notre malade une intoxication des centres nerveux comme dans la rage. Ce cas confirme les résultats expérimentaux établis par Brown-Séquard.

Observation XXII. — Chauffard. — *Semaine méd.*, 94

Il s'agit d'une dame de 35 ans, scrofuleuse et délicate dans son enfance, atteinte depuis plusieurs années de nausées, de petites vomituritions salivaires ou glaireuses. En décembre 1892, pas de pigmentation. Passe l'hiver à Cannes. Là maigrit énormément, perd ses forces, change de teint et se pigmente. Anorexie absolue et invincible. Revient à Paris fin février avec pigmentation cutanée et des muqueuses typique. Facies creux amaigri, physionomie exprimant la souffrance. Pas de douleurs sauf un peu de rachialgie lombaire et une légère sensibilité à la pression au niveau de l'épi gastre. Anorexie absolue. La malade mange presque par force. Dans la matinée, au lever, à plusieurs reprises dans la journée, nausées brusques très pénibles avec vomituritions blanchâtres, spumeuses ou glaireuses.

Aucun signe de tuberculisation pulmonaire, aucune modification pathologique des urines. Faiblesse telle, que même les promenades en voiture sont une fatigue, à peine si elle fait quelques pas dans sa chambre. Les journées se passent la malade étendue sur sa chaise-longue, incapable du moindre effort musculaire. Rien n'est plus net que l'influence du mouvement sur la production des nausées. Se lever, faire quelques pas ou un effort, il n'en fallait pas plus pour provoquer de l'angoisse, un malaise extrême, des vomituritions très pénibles.

Les 23, 24, 25 les forces vont toujours en déclinant malgré quelques injections de suc surrénal.

Le 31, aggravation brusque, c'est le début de la *phase terminale*. La malade est prise d'angoisse profonde, d'une succession ininterrompue de vomissements ou d'efforts nauséeux. La nuit se passe en plaintes, sans sommeil. Le lendemain, l'état est des plus graves, le facies terreux, altéré, les yeux excavés, le pouls à 150, misérable et filiforme.

Malgré des injections de caféine, le pouls ne se relève pas, le cœur est en état de collapsus mais sans algidité, l'intolérance gastrique est absolue.

Le 3 avril. — La situation est si pénible qu'une injection de morphine est pratiquée. Alors, les douleurs disparaissent, la malade tombe dans un état de calme profond. Le facies est blême, terreux, émacié, presque cholérique. L'haleine a une fétidité spéciale (odeur de fauve), bien que la langue soit nette et humide. Le pouls oscille entre 150 et 160, si petit qu'on a peine à le compter, sans algidité, ni cyanose. La voix est éteinte. L'asthénie complète. Cette mort lente dure jusqu'au 7 avril, sans que rien n'ait pu remonter l'énergie vitale.

Les diverses modalités de lésions que provoque dans les tissus le bacille de Koch, nous les retrouvons toutes dans ces observations ; depuis la granulation et l'infiltration jusqu'à la suppuration, la caséification et l'infiltration calcaire.

Quelle que soit la lésion pathologique, on observe les mêmes troubles, on constate les mêmes symptômes qui tous traduisent le même état : une perturbation dans la fonction ; mènent au même résultat final : à l'intoxication de l'individu et à sa mort.

Pourquoi donc insister sur l'étude anatomique de lésions qui n'offrent rien de particulier ? Qu'il nous suffise seulement de dire ici que la fréquence des lésions tuberculeuses (150 fois sur 183 cas de maladie d'Addison d'après Ball) a pu expliquer cette fâcheuse confusion de certains esprits qui voulaient faire de la maladie d'Addison le synonyme de la tuberculose des capsules surrénales alors que la première n'est qu'un syndrome qui ne spécifie en rien la lésion anatomique mais est seulement la traduction d'une perturbation des fonctions naturelles de ces organes (troubles que peuvent créer du reste, comme le montrent les faits de Ball, Jaccoud, Lewin, les observations de Matteï, Janowsky, Packard et Steele, Chaillous, tantôt un cancer, tantôt un foyer hémorragique, tantôt une suppuration microbienne, voire même une sclérose peu accentuée) et que la seconde peut revêtir, comme nous le verrons, d'autres allures bien différentes.

Étiologie. — Plus intéressant certes, avant de passer en revue les symptômes est d'étudier le mode d'invasion de l'organe et de constater qu'en dehors de l'appareil respiratoire (le champ d'opération de prédilection du bacille de Koch) toutes les voies lui sont bonnes, spécialement la voie ganglionnaire pour verser dans l'organisme ses toxines, altérer les filets nerveux et leurs ganglions et troubler par là les organes les mieux innervés, spécialement les capsules surrénales.

Or, à côté de lésions considérables comme dans l'observation citée plus haut (I), les poumons, nous l'avons dit, ne présentent le plus souvent que des lésions insignifiantes, non diagnosticables en clinique, ou restent sains, sans trace du plus petit tubercule.

Ce ne sera donc pas assez d'ausculter avec soin ces malades, d'étudier leurs antécédents héréditaires et leur passé pathologique; il faudra encore penser aux autres localisations extrapulmonaires. Passer en revue les organes génitaux. Lejars n'a-t-il pas vu des lésions tuberculeuses de l'épididyme et de la prostate propagées aux capsules par les ganglions lombaires? Dans un cas Auvray trouva une tuberculose avancée de la trompe. Cervellini ne rapporte-t-il pas un cas de maladie bronzée guérie (?) à la suite de l'ablation d'un testicule tuberculeux? Et Lancereaux dans l'observation V ne parle-t-il pas d'une tuberculose primitive du vagin, de l'utérus et de la trompe? La tuberculose génitale est fréquente, il est certain, chez les addisoniens d'où l'obligation d'examiner les testicules, la prostate et les vésicules séminales chez l'homme; la cavité vaginale, l'utérus et les annexes chez la femme, pour voir si l'infection par hasard ne serait point ascendante.

Le tube digestif dans toute son étendue ne sera pas non plus négligé. Les troubles digestifs dus à une altération de la muqueuse gastrique, les folliculites du cæcum, les ulcérations tuberculeuses de l'intestin, les congestions des plaques de Peyer, les fistules à l'anus, les adhérences intestinales ou épiploïques, les tuberculoses ganglionnaires mésentériques ont été signalés comme on peut s'en rendre compte en parcourant les observations de Martineau, Barker, Poirier, Lavin, Fresne, Bennett.

Les systèmes osseux et ganglionnaire si souvent touchés par le bacille de Koch feront enfin l'objet d'un examen spécial. Les déviations rachidiennes sont fréquentes, un mal de Pott latent, un abcès par congestion, une carie vertébrale ont été maintes fois indiqués comme infection primitive. Poulain a même signalé une simple ostéite du sternum. Du côté des articulations, on ne passera pas sans défiance devant une ancienne coxalgie ou une tumeur blanche. Qu'il suffise de signaler enfin ces cicatrices indélébiles cervicales que tant de malades tiennent à cacher et qui ne sont presque toujours que le cachet authentique d'une ancienne tuberculose ganglionnaire. La porte d'entrée ainsi découverte, le début de l'infection nettement déterminé, le diagnostic de tuberculose ancienne ou récente pourra être posé sur des bases solides.

On en déduira aisément après quelles en sont les conséquences pour l'organisme et quelles relations ces infections pseudo-locales, si négligeables aux yeux de certains malades, peuvent avoir avec les capsules surrénales.

Pathogénie. — Connaissant en effet le retentissement habituel sur le système ganglionnaire correspondant d'une infection microbienne, on comprendra facilement, étant données les connexions intimes des ganglions thoraciques ou abdominaux avec le grand sympathique et le pneumogastrique auxquels ils sont si intimement unis, qu'une irritation prolongée de ces nerfs favorise à son tour l'infection secondaire des capsules surrénales. Ces organes sont si richement doués au point de vue de l'innervation que Bergmann en 1839 a pu les considérer comme de « véritables ganglions nerveux » et que Kölliker, nous dit Poirier dans sa thèse, a pu compter sur la capsule droite jusqu'à 30 filets nerveux.

Le système nerveux est donc bien *le grand dominateur,* pour employer le mot de M. Charrin. Et si la suppression de l'action du système nerveux dans un territoire organique donné ne détermine pas, il est vrai, l'arrêt complet des propriétés de cet organe, cette suppression, ou cette modification de l'innervation (atténuation ou exaltation) n'en amène pas moins le plus souvent, nous dit Meunier dans son intéressant travail, des perturbations qui se manifestent objectivement par des troubles fonctionnels, puis par une lésion organique où il est facile de reconnaître secondairement l'intervention microbienne.

Voilà, ce semble, la pathogénie la plus rationnelle de l'infection des capsules surrénales. Elle explique mieux que toutes les théories les divers phénomènes que nous rencontrons, allie l'influence nerveuse à l'insuffisance glandulaire et permet de suivre facilement toutes les étapes de l'infection. La porte d'entrée par le simple abcès originel, la localisation ganglionnaire, l'irritation nerveuse consécutive se manifestant par des troubles dans la fonction glandulaire, puis l'intoxication progressive de l'individu, bientôt la suppression complète d'une fonction indispensable à son existence, enfin la mort du malade, tels sont les processus qui rapidement se déroulent sous nos yeux.

M. le Pr Jaccoud pensait-il autrement quand, dès 1864, il écrivait dans la *Gazette médicale* du 8 janvier : « L'état morbide connu sous le nom de maladie d'Addison est dans tous les cas le résultat d'une affection du sympathique abdominal. Voilà le fait principal, primitif ? » N'est-ce pas non plus l'opinion de Heichorst qui dans son traité de Pathologie spéciale écrit : « A mon avis, une affection des capsules surrénales ne se produit pas toujours dans la maladie d'Addison. Cette dernière ne se déclare pas tant que les fonctions du sympathique restent intactes ? » Matteï dans le Sperimentale de Florence ne parle pas autrement. Il croit à une altération des nerfs ganglionnaires se fondant sur certains symptômes nerveux de la maladie d'Addison et sur les expériences de Brown-Séquard : « La névrose admise, dit-il, il me semble que l'altération des capsules surrénales doit coopérer mieux que celle de tout autre organe à la manifestation de la maladie. Cela s'explique par les nerfs que les capsules reçoivent en abondance du grand sympathique, par la relation étroite qu'elles ont avec les ganglions semi-lunaires et le plexus solaire. » N'est-ce pas ce que nous disions plus haut, en spécifiant seulement que si l'infection des capsules surrénales est relativement assez fréquente, elle le doit aux connexions intimes qu'ont ses nombreux filets nerveux avec les ganglions thoraciques ou abdominaux par l'intermédiaire du grand sympathique ou du pneumogastrique ? Et nous pensons que si les lésions nerveuses sont rarement notées dans les observations c'est que (c'était également l'avis du Pr Jaccoud en 1864) les autopsies ont été incomplètes, les nerfs n'ont pas été disséqués, l'examen histologique en a été ou négligé ou incomplet.

Voyons maintenant quels sont les troubles fonctionnels qu'amène cette perturbation nerveuse sur les capsules surrénales, nous examinerons après quelles en seront les conséquences pour le malade.

Étude clinique. — Quatre symptômes cardinaux caractérisent cliniquement l'invasion des capsules surrénales. C'est par une asthénie profonde et particulière qu'elle débute. Asthénie caractérisée par une lassitude extrême, par une fatigue musculaire qui rend impossible tout travail. Au début, elle présente ce caractère particulier de n'être, comme dit Jaccoud, « accompagnée ni d'amaigrissement, ni d'albuminurie, ni d'hémorragie, ni de leucocytose, ni même de diarrhée habituelle. » L'addisonien a conscience de l'épuisement de ses forces musculaires. Bien entendu, fait observer M. le Pr Dieulafoy, il ne peut plus être question pour lui d'équitation, de promenade en voiture (Obs. XVII). Il ne peut marcher, monter un étage, faire même quelques pas sans être exténué. « A une période plus avancée de la maladie, le mouvement lui fait horreur, parler le fatigue, manger le fatigue. Il se couche pour n'avoir pas de mouvements à faire. C'est à peine s'il aurait la force de se tenir debout sur ses jambes. Ce n'est pas qu'il soit paralysé, car il n'y a pas de paralysie, mais son système musculaire devient incapable d'un effort même léger, tant soit peu soutenu. » (Dieulafoy, Path. int.) Puis l'appétit diminue, les digestions sont bientôt troublées par des vomissements que rien ne peut calmer, en même temps surviennent des douleurs d'une vive intensité. « Tantôt lombo-« abdominales, lancinantes, elles irradient jusque dans « les aines en suivant les rameaux des plexus ovarique « ou spermatique ; tantôt gastralgiques simulant les « crises gastriques du tabes avec ou sans vomissements, « elles se fixent à la région des reins et simulent le lum-« bago ; déterminent une hyperesthésie de tout le ventre « et font penser à la péritonite (Wurtz) ; envahissant les « muscles et les articulations à la façon d'un rhumatisme. « Elles apparaissent généralement après le début de « l'asthénie, parfois cependant elles peuvent être le pre-« mier symptôme de la maladie. » (Id.) A mesure que le mal fait des progrès, la coloration de la peau prend une teinte spéciale foncée, bientôt elle devient nettement bronzée, d'abord les parties exposées à l'air, puis le corps tout entier. Les muqueuses mêmes ne sont pas épargnées, la face interne des joues est marbrée de taches noirâtres comme la gueule de certains chiens de race, disait Trousseau. A ce moment le diagnostic est nettement établi, l'affection est réellement capsulaire.

Rien que de parfaitement classique dans une pareille succession de phénomènes. Mais, comme nous l'avons dit plus haut, la plupart du temps, dans les cas qui nous occupent nous n'assistons pas à ces progrès de l'infection. C'est par les commémoratifs que nous apprenons, souvent mal du reste et malheureusement trop tard, que depuis six mois (Trousseau), un an (Cade), 5 mois (Rendu) (Cas de Star et Dyson), que 39 fois en moins d'un an d'après Ball, 39 fois en plus d'un an, l'individu présentait de pareils symptômes et qu'il a suffi, pour imprimer une nouvelle marche à l'infection et faire naître les troubles auxquels nous allons assister, d'un léger trouble apporté au système nerveux. Tantôt comme dans le cas de Castaigne d'une chute, tantôt d'un traumatisme opératoire ou autre comme une grossesse, tantôt d'un simple surmenage physique ou même intellectuel, tantôt d'une maladie intercurrente, d'une infection surajoutée comme une simple angine pour arrêter l'individu dans ses occupations et lui faire abandonner pour toujours son travail qu'il n'avait que peu ou pas interrompu jusque-là.

Accidents terminaux. — Presque toujours, lorsque la syncope n'est pas venue brusquer le dénouement; lorsque le malade n'est pas trouvé mort dans son lit ou ramassé sur la voie publique, cas qui relèvent de la médecine légale et ouvrent le champ à toutes les hypothèses; presque toujours, disions-nous, trois symptômes dominent la scène et font amener immédiatement le malade à l'hôpital ou jetant la consternation dans la famille font mander en hâte le praticien.

A son arrivée, celui-ci se trouve en présence d'un individu jeune, quelquefois même d'un enfant (cas de Variot, Comby, Moizard, Dézirot) en proie à des douleurs gastriques violentes, les traits tirés, amaigris, les yeux étincelants, le facies presque péritonéal, l'anxiété est indescriptible; les vomissements d'abord alimentaires, puis bilieux sont maintenant incoercibles, l'intolérance gastrique est absolue. Évidemment c'est une intoxication profonde, cet homme s'est empoisonné. Bientôt une diarrhée abondante remplace la constipation.

Les signes d'une intoxication s'accentuent. On se demande alors, devant l'abaissement de la température, devant le refroidissement des extrémités si l'on n'a pas devant soi un cholérique ? *A ces troubles digestifs*, viennent bientôt se joindre des accidents *cardio-pulmonaires*. Le pouls est accéléré (Hayden, Macker, Ulrech cités par M. Gilbert) bat à 120, puis il devient irrégulier, inégal, petit, intermittent. La respiration, elle, est accélérée, puis superficielle, bientôt irrégulière, quelquefois elle revêt le type Scheyne-Stokes avec ses crescendo et ses decrescendo. Si l'on ausculte avec soin la région précordiale on constate que les battements cardiaques sont sourds et faibles. La pression artérielle prise à la radiale avec l'appareil de M. le Pr Potain n'imprime qu'une insignifiante déviation à l'aiguille. Les battements du cœur deviennent de plus en plus faibles. Enfin, à propos d'un léger mouvement pour boire, d'un signe quelconque pour appeler, subitement le cœur s'arrête, le sujet pâlit, se refroidit, il est mort (Ihler cite 13 observations dans sa thèse et Carpentier en cite 5 sans prodromes nets). D'autres fois, la syncope s'est répétée à plusieurs reprises, le malade quoique faible est revenu à lui pour finalement retomber une dernière fois et ne plus se relever. C'est alors que l'on peut attribuer de pareils accidents à une affection valvulaire, aortique ou, au besoin, les mettre sur le compte d'une angine de poitrine.

Le plus souvent, hâtons-nous de le dire avec notre maître M. Gilbert, la mort survient dans le *coma* et les accidents que nous venons de passer en revue y conduisent. Mais le coma, quoi de plus fréquent ? N'est-il pas la terminaison habituelle d'une foule d'états pathologiques ? Le diagnostic causal en sera donc des plus délicats, même si, comme cela se produit souvent chez l'enfant (Moizard et Bernheim) ou chez l'adulte, des convulsions fréquentes, des mouvements tétaniformes plus ou moins accentués l'ont précédé. Comment ne pas songer alors à la méningite, aux affections corticales cérébrales ou cérébelleuses surtout quand des attaques franchement épileptiformes viennent encore compliquer la question ? Disons enfin qu'on rencontre chez les alcooliques ou même chez les individus indemnes de toute tare éthylique des attaques de délirium tremens. C'est alors presque un pas dans la pathologie mentale.

M. Klippel, à la Société de Neurologie, n'a pas hésité du reste, après les lésions d'encéphalite à marche subaiguë qu'il a rencontrées à l'autopsie d'un addisonien à attribuer ces accidents tardifs à une encéphalopathie causée par le poison capsulaire.

Comment expliquer autrement en effet des accidents si complexes ? Comment n'être pas frappé « de l'aspect « franchement toxique de ces grands accidents termi-« naux d'intolérance gastrique, d'adynamie, de collapsus « cardiaque ? (Chauffard). La toxine addisonienne, con-« tinue encore M. Chauffard, se montre non seulement « comme un poison curarisant, mais aussi comme un « poison du cœur agissant sur le myocarde et les termi-« naisons cardiaques du pneumogastrique et déterminant « une tachycardie-paralytique ».

Tout nous conduit aujourd'hui à une pareille conception d'une lésion destructive des capsules surrénales (la tuberculose en particulier) : les belles recherches de Brown-Séquard et de ses successeurs, les notions sur le rôle en pathologie des glandes à sécrétion interne et surtout l'acapsulisation expérimentale des animaux.

Ouvrons les Archives de Médecine de 1856. Nous y croyons vraiment lire une observation clinique tant les phénomènes y sont bien notés et dans l'ordre même où ils apparaissent chez l'homme : « L'affaiblissement, écrit « Brown-Séquard, augmente très lentement et acquiert « une intensité extrême dans les dernières heures de la « vie. Souvent, un quart d'heure ou vingt minutes avant « la mort, l'affaiblissement augmente tout à coup et « l'animal, incapable de marcher, tombe sur le flanc ou « reste immobile. Une véritable paralysie se montre « assez souvent avant la mort, elle frappe d'abord les « membres postérieurs, puis les antérieurs et enfin les « muscles respiratoires. » Et plus loin : « La respiration « et la circulation présentent des modifications impor- « tantes. Dans quelques cas, il y a diminution notable et « soudaine de ces deux fonctions, c'est-à-dire un état « syncopal. Très souvent, dans la première heure après « l'opération, la respiration est plus rapide qu'à l'état « normal tandis que les mouvements du cœur sont moins « rapides et moins forts. Après la première heure, le « nombre des mouvements respiratoires diminue tandis « que les mouvements du cœur augmentent de fré- « quence. Dans l'agonie, on observe quelquefois une « augmentation de fréquence des mouvements respira- « toires et des battements du cœur. »

Enfin, ajoute le même auteur, après l'ablation des

capsules, les vomissements et la diarrhée sont rares. Il signale l'abaissement de la température, la persistance et même l'exagération de la sensibilité, enfin le délire et les convulsions tétaniformes ou épileptiformes.

C'est le tableau *d'une insuffisance capsulaire suraiguë* à la suite du traumatisme opératoire brutal de l'expérimentateur. Mais n'avons-nous pas cité des cas presque identiques (cas de Castaigne) et toutes les différences réactionnelles entre l'homme et l'animal mises à part, n'est-ce pas une suppression brusque, presque expérimentale de la fonction jusque-là *suffisante* mais déjà troublée par un processus morbide qu'a déterminé chez le malade de Castaigne cette chute ?

Quel est donc en pathologie humaine le rôle des capsules surrénales? Les physiologistes vont nous répondre.

Abelous a démontré en effet que les animaux acapsulés présentent à l'ergographe des tracés analogues à ceux des animaux tétanisés. La suppression des capsules entraîne donc des effets analogues à la fatigue. Donc les substances toxiques qui s'accumulent à la suite de l'ablation des capsules sont semblables à celles qui résultent du travail musculaire. Abelous en conclut qu'à l'état normal, les capsules sont chargées de neutraliser les poisons résultant du travail musculaire, d'où l'asthénie des malades atteints de lésions destructives des capsules surrénales.

Langlois de son côté a montré dans sa thèse que ce poison accumulé dans l'organisme après l'ablation des capsules avait un pouvoir curarisant. Les animaux acapsulés s'affaiblissaient, s'engourdissaient graduellement, puis leur train postérieur se paralysait.

Brown-Séquard nous a signalé plus haut les autres grands accidents rencontrés dans nos observations comme les convulsions toniques et cloniques, les attaques épileptiformes, le délire, etc.

Enfin M. Thiroloix dans ses expériences est arrivé aux mêmes conclusions en spécifiant qu'une parcelle glandulaire infime suffisait pour la conservation parfaite de la santé et que les seules lésions nerveuses périglandulaires et solaires les plus étendues étaient insuffisantes à créer les phénomènes foudroyants de l'insuffisance totale.

De pareils faits montrent suffisamment le rôle des capsules surrénales dans l'économie. Rôle qu'on peut résumer en disant « qu'elles élaborent une ou plusieurs « substances de nature inconnue dont le rôle serait de « neutraliser la toxicité d'une ou plusieurs substances « fabriquées au cours des processus de la nutrition, et « dont l'action toxique semble se manifester plus spécia- « lement sur le système nerveux ; ou bien, seconde « hypothèse, que ces sécrétions internes, au lieu de dé- « truire, agissent simplement sur les éléments cellu- « laires pour régler leur nutrition. Leur absence alors « provoque des troubles nutritifs variés dont la résul- « tante est la production de substances toxiques diffé- « rentes. »

Tel est en résumé le tableau de l'*insuffisance capsulaire expérimentale*, identique et superposable presque en tous points au tableau de l'insuffisance capsulaire *clinique*.

Il est donc rationnel de considérer actuellement les accidents terminaux de la tuberculose capsulaire à *forme addisonienne* comme le résultat d'une insuffisance fonctionnelle de ces glandes, insuffisance due à l'intervention du bacille de Koch ou de ses toxines.

Ce sont eux qui forment le trait d'union entre la forme addisonienne et les autres formes appelées frustes par M. le Pr Dieulafoy.

Nous ne regrettons donc nullement d'avoir insisté sur le mode de terminaison dans cet état morbide particulier ; car l'attention de l'esprit, attirée sur l'apparition possible de tels accidents, permettra à LEUR NAISSANCE d'éviter de grossières erreurs et d'avertir à temps l'entourage d'une issue prochaine malheureusement fatale.

CHAPITRE II

Tuberculose des capsules surrénales avec syndrôme addisonien incomplet c'est-à-dire sans mélanodermie.

L'invasion tuberculeuse des C. S. n'affecte pas toujours une semblable marche. A côté de ces formes addisoniennes, on a signalé en effet des cas où, malgré une lésion anatomique avancée des capsules, il manquait un des signes cliniques les plus importants pour attirer l'attention du praticien sur une lésion capsulaire, la mélanodermie. Ce sont ces cas que M. le Pr Dieulafoy a désignés sous le nom de formes « frustes » de la maladie d'Addison et auxquels il a consacré de belles pages dans sa clinique médicale de l'Hôtel-Dieu.

Faut-il voir dans cette absence de pigmentation le résultat d'une intoxication plus rapide? Peut-être, rappelons néanmoins qu'on a cité des observations où la tuberculose des C. S. avait évolué très lentement, où le malade avait succombé véritablement à une cachexie progressive nettement tuberculeuse sans présenter jamais de mélanodermie. Il suffira de rappeler celle de Hadra et R. Œistreich.

« Il s'agit d'une femme de 55 ans, cachectique, tuber-

« culeuse. Au niveau de la région gastrique, sur la ligne « médiane, on sent une tumeur mobile, dure, bosselée, « sensible à la pression, qui disparaît quand on insuffle « l'estomac. Aucune teinte bronzée des téguments. « Hadra diagnostique une tumeur ganglionnaire rétro- « péritonéale. Laparotomie. Tumeur très adhérente à « l'aorte et constituée par la capsule surrénale gauche « atteinte de tuberculose caséeuse ».

Néanmoins ces cas sont assez rares pour que Lewin d'après Ewald n'ait trouvé que 28 pour 100 des cas de maladie d'Addison sans pigmentation et que lui Ewald en 1893 ne connaisse dans la littérature que trois cas pareils. Leur rareté relative n'en rend que plus difficile le diagnostic. Ici, plus rien n'attire l'attention du praticien. La peau a conservé sa blancheur normale, le malade est même souvent pâle, amaigri, complètement anémié. C'est encore un jeune homme (cas de M. Dieulafoy) entre 16 et 25 ans. Il tousse bien depuis quelque temps, il maigrit bien un peu, son appétit a légèrement diminué. Le soir il rentre chez lui plus fatigué que de coutume. Le repos n'amenant pas d'amélioration on le mène consulter. Une lésion peu accentuée du poumon paraît expliquer la perte des forces. On donne alors un traitement tonique. L'affaiblissement augmente de plus en plus. C'est le malade alors qu'on accuse de fainéantise. Peu à peu, il s'anémie, les forces décroissent rapidement, l'appétit a totalement disparu. On amène de nouveau le malade au praticien qui, comme la première fois, trouve extraordinaire un pareil abattement devant des lésions pulmonaires si peu étendues et ne parle pas d'autre lésion possible ni surtout d'issue fatale possible et prochaine. Il se contente de réserver le pronostic pensant à une alimentation insuffisante par suite de l'intolérance gastrique, mais ne voyant rien de *capsulaire* chez son malade. Or nous assistons bientôt aux *mêmes accidents terminaux* que dans les observations précédentes, plus terribles encore puisqu'ils sont plus imprévus et qu'après deux jours à peine de séjour à l'hôpital le malade est trouvé mort dans son lit et qu'à son autopsie on trouve les 2 capsules surrénales caséeuses. Dans cette observation de M. le Pr Dieulafoy l'asthénie semblait dominer, l'intoxication a bien été progressive puisque les divers accidents se sont succédés en six mois, mais c'est à peine en quelques jours, après un déplacement, c'est-à-dire après une fatigue nouvelle, après une émotion morale, qu'elle a pris une marche suraiguë et a tué le malade.

Non moins typique est le cas publié récemment dans le Bulletin de la Société anatomique par M. Brécy.

Observation XXIII. — Brecy. *Soc. anatom.*, décembre 1899.

Il s'agit d'un malade de 36 ans, soigné depuis quelque temps pour tuberculose pulmonaire. Il entre le 21 novembre 1899 dans le service de M. Duguet à Lariboisière dans un état d'asthénie très accentué. Incapable de se tenir debout, gémissant dès qu'on essaye de lui faire faire un mouvement. Il répond difficilement aux questions qu'on lui pose. A des pituites matinales depuis quatre jours ont succédé des vomissements incoercibles. L'abdomen non ballonné est douloureux à la pression surtout vers la région épigastrique, le malade est plutôt constipé. Il a un peu maigri. Pouls petit, non accéléré. Urines normales.

A l'auscultation, on trouve une respiration rude et soufflante aux sommets surtout à gauche. Expectoration nulle. L'état des poumons est insuffisant pour expliquer la prostration extrême du malade.

Il meurt six jours après, ayant continué à vomir presque tout ce qu'il prenait. La veille de sa mort la température monte brusquement à 40°.

A l'*autopsie,* quelques granulations tuberculeuses aux sommets des poumons surtout à gauche. La capsule surrénale gauche est aussi elle beaucoup plus volumineuse que la droite. Toutes deux renferment de nombreux noyaux caséeux.

La lésion capsulaire fut là encore une découverte d'autopsie. Pouvait-on vraiment y penser avec une sensibilité abdominale pareille, avec une telle intolérance gastrique ? A quand faire remonter le début de l'infection ? C'est à peine si le malade avait quelque peu maigri et un mois auparavant il était encore à son travail. A part l'asthénie, ici assez nette, sur quoi baser son diagnostic ?

Les observations de Kelsch, Lancereaux rapportées dans la thèse de Carpentier sont encore des cas de lésions tuberculeuses des capsules sans mélanodermie. Mais les localisations primitives étaient trop évidentes pour ne pas faire songer à une tuberculose plus ou moins généralisée, c'est pourquoi nous préférons les laisser de côté. Plus intéressants pour nous sont les faits cités par Dayot-Bullet, Sidney Coupland, Hucke, de Poland, Councel,

Observation XXIV. — Dayot. *Bull. Soc. anatom.*, janv. 1859.

Abcès froid au niveau des dernières côtes droites.

Pas de coloration bronzée.

Mort de congestion pulmonaire.

Tuberculose des capsules.

Observation XXV. — Sidney-Coupland. *British medical Journal*, 1886.

Malade ne présentant pas les signes d'une maladie d'Addison.

Atteint de tuberculose très avancée des organes génitaux.

Les deux capsules surrénales sont atteintes de dégénérescence fibro-caséeuse.

Observation XXVI. — Hucke. *Medical Times and Gaz*, 1863.

A l'autopsie d'un homme de 30 ans on trouve un abcès par congestion occupant la région lombo-inguino-crurale gauche. Les capsules surrénales sont infiltrées de noyaux caséeux et très augmentées de volume.

Carie vertébrale et quelques tubercules pulmonaires. Pas de coloration bronzée.

Observation XXVII. — Poland, 1865. *Thèse de Carpentier.*

Femme de 26 ans, meurt avec carie vertébrale et abcès par congestion sans coloration bronzée.

A l'autopsie les capsules sont trouvées atteintes de transformation albumino-crétacée.

Observation XXVIII. — Councel. *The Lancet*, 3 mai 1890.

Il s'agit d'un homme de 27 ans dont la seule manifestation de l'intoxication fut l'impuissance génitale.

Tuberculose des deux capsules.

Pas de teinte bronzée.

La localisation secondaire des capsules apparaît clairement dans ces observations. Aussi ne manquera-t-on pas, même quand la mélanodermie fera défaut, de penser au retentissement ganglionnaire dont nous avons parlé au premier chapitre. Les abcès froids des côtes sont fréquents, la tuberculose génitale n'est pas rare chez l'homme et chez la femme. Les localisations vertébrales enfin, si rapprochées de la région rénale qui nous intéresse, seront-elles aussi l'objet de toute notre attention. Le *moindre signe d'asthénie*, une sensation *de fatigue* même légère mais PERSISTANTE, les vomissements et les signes d'intoxication que nous avons nommés, tout cela conduira, après un examen complet, détaillé, au diagnostic exact, puisqu'il ne faut plus espérer rencontrer maintenant les grands symptômes addisoniens.

CHAPITRE III

Tuberculose des capsules surrénales sans syndrome addisonien ou insuffisance capsulaire aiguë.

A mesure que nous nous éloignons du type classique laissé par Addison, il semble que nous touchons de plus près celui présenté par les physiologistes, que nous assistons, pour mieux dire, au syndrome pur de l'insuffisance capsulaire tel que viennent de le décrire Sergent et Bernard.

En somme, simple question de degrés, où les mêmes phénomènes déjà étudiés longuement au premier chapitre vont réapparaître. Avec cette différence toutefois qu'ils seront ici beaucoup plus frappants parce que les autres accidents morbides qui jusque-là compliquaient la question, l'obscurcissaient, n'existeront plus maintenant.

Ici, en effet, il ne s'agit plus de forme addisonienne puisqu'il n'y a pas de mélanodermie, plus question de forme fruste puisque l'asthénie fait même défaut. Le seul diagnostic que l'on puisse vraisemblablement porter c'est celui d'insuffisance capsulaire qui plus que jamais se présente avec les caractères cliniques d'un empoisonnement et se traduit par des accidents foudroyants, aigus ou subaigus (Sergent et Bernard).

Nous examinerons ces différents cas successivement en rappelant au besoin, comme exemples, les observations citées dans les thèses de Carpentier, Ihler, Couzin, Bressy, etc., et collationnées avec soin dans l'intéressant travail de Sergent et Bernard.

Les voici résumées :

1° Forme rapide.

Observation XXIX. — Shar. (*The Lancet,* 1895. Reproduite dans thèses d'Ihler et de Couzin).

Il s'agit d'une jeune fille « forte et bien constituée » qui, à la suite d'une chute, fut amenée à l'hôpital dans un état de collapsus qui se termina trois heures après par la mort.

Le cœur et les poumons furent trouvés sains à l'autopsie. Les capsules surrénales étaient complètement caséeuses.

Observation XXX. — Morris Davey. *Medical Times and Gazette,* 1859. (Thèse de Carpentier.)

Femme de 18 à 19 ans, qui meurt subitement deux jours après un accouchement à terme. A l'autopsie: tuberculose des capsules surrénales. Dégénérescence graisseuse du foie, des reins. Ascite.

Observation XXXI. — Binot. *Bull. de la Soc. anatomique,* 1893.

Homme de 42 ans se fait opérer d'une fistule anale. La journée et la nuit qui suivent l'opération sont excellentes.

Brusquement, le lendemain matin, le malade pousse un cri, est pris de convulsions épileptiformes; le thermomètre marque 40° dans l'aisselle. Une heure après la crise est terminée, elle se reproduit de nouveau six heures après, toute semblable à la première. Le malade meurt une heure après dans le coma.

La fistule avait été opérée par excision.

L'autopsie montre quelques tubercules caséeux aux deux sommets. Rien au cœur, dans le cerveau, ni dans le bulbe. Légère congestion hépatique et rénale. Les capsules surrénales sont grosses, elles renferment de nombreux tubercules caséeux.

Bruge, Saviatti, Murchinson, Senhouse, Kirkes, cités par Carpentier, Ihler et par Sergent et Bernard nous rappellent plusieurs cas de mort subite au cours de la tuberculose des capsules surrénales. Dans toutes ces observations, la lésion destructive a toujours été une découverte d'autopsie. Rien jusque-là n'avait permis de pressentir pareille trouvaille. Brusquement, en pleine santé, le sujet a toujours été enlevé aux siens, soit au milieu même de ses occupations, soit après une chute, soit au cours d'une intervention chirurgicale ou obstétricale, sans que la plus petite lésion cardiaque, cérébrale ou rénale ait été trouvée à l'autopsie en même temps que l'altération des capsules surrénales.

On conçoit maintenant l'importance de pareilles surprises au point de vue médico-légal. C'est une page de plus à ajouter au chapitre déjà trop long de la mort subite. Même dans les cas où, à la suite d'un traumatisme accidentel, opératoire ou criminel, un collapsus immédiat, un coma prolongé, un accès épileptiforme pourraient faire songer à une lésion de l'encéphale, même dans ces cas, disent Sergent et Bernard, l'état des capsules devra être soigneusement examiné. On les rencontre en effet dans les deux observations citées plus haut et nous les avons fréquemment notés dans les précédents chapitres.

« Une lésion destructive des capsules surrénales, la « tuberculose en particulier, peut donc évoluer sans « provoquer même le plus léger trouble morbide et ne « traduire son existence que d'une façon imprévue, sou- « daine, par la mort subite » (S. et B.).

Forme aiguë.

Ce qui caractérise la forme aiguë c'est encore la rapidité d'évolution des accidents, c'est la brusquerie de leur début et de leur terminaison.

C'est dans cette forme qu'il faut étudier les accidents d'auto-intoxication qui mieux que partout ailleurs apparaissent dans les observations dans toute leur clarté, se montrent seuls tout à coup et livrant un assaut terrible au malade l'abattent rapidement en un ou plusieurs jours.

Observation XXXII. — Sergent et Bernard. *Soc. de biologie,* décembre 1898.

Il s'agit d'un menuisier de 24 ans qui entre à l'hôpital le 7 octobre 1898. Malgré son aspect robuste, il est abattu et déprimé comme un typhique. Pourtant, on ne trouve rien qu'une simple amygdalite et une fièvre peu élevée. Rien ailleurs. Aucun antécédent héréditaire ou pathologique. Depuis plusieurs mois seulement il avoue une sorte de fatigue générale, d'apathie. En trois jours, fièvre et amygdalite ont disparu. Quand, subitement, six jours après son entrée, il est pris de douleurs abdominales atroces, avec vomissements et céphalée intense. A ce moment, on constate sur la racine des cuisses et sur les hypocondres de petites macules brunâtres. Dans la bouche, trois petites ulcérations pultacées. Le lendemain, l'état s'est aggravé, les vomissements sont continuels ; l'abdomen est douloureux, les coliques atroces, les extrémités froides. Le thermomètre est à 36°,3. Le pouls petit, irrégulier, rapide. C'est en somme le cortège symptomatique d'un empoisonnement dont la nature ne peut être déterminée : le malade nie énergiquement toute tentative de suicide. Le 15 octobre, l'état s'est encore aggravé et le malade meurt subitement dans la nuit.

A l'*autopsie,* on trouve les deux capsules surrénales énormes, transformées en masses caséeuses et crétacées. Aucune parcelle de tissu capsulaire ne subsistait. Aucune altération macroscopique des ganglions semi-lunaires.

Quelques rares tubercules fibro-caséeux aux sommets des poumons. Rien ailleurs.

Observation XXXIII. — Thompson. *Medical Times,* 1856.

Boulanger de 20 ans dîne le 9 juillet avec des amis, aussi bien portant que d'habitude ; le 10, il se plaint d'être faible et de ne pouvoir marcher, léger mal de gorge ; le 11, faiblesse plus grande encore ; le 12, il entre à l'hôpital.

La peau, couverte de sueurs froides et visqueuses, est légèrement brunâtre depuis six semaines. Le pouls est à peine perceptible. Très remuant, il ne répond qu'avec difficulté. Dans la journée, il a trois ou quatre selles liquides, il se plaint d'une douleur profonde dans l'hypocondre droit.

Il meurt le lendemain dans la matinée.

Autopsie. — Cerveau, poumons, cœur, reins sains.

Tous les follicules de l'intestin sont gros et forment de petites saillies de la grosseur d'un grain de millet. Les plaques de Peyer sont intactes. A l'extrémité inférieure de l'iléon existent deux petites ulcérations superficielles.

Capsules surrénales caséeuses.

Observation XXXIV.— Ewald. *Berliner klinische Wochenschrift,* novembre 1893.

Femme de 38 ans est prise brusquement de vomissements violents accompagnés d'une douleur intense dans la fosse iliaque droite et de tous les signes d'une appendicite. On apprend seulement qu'elle s'est plainte de l'estomac depuis plusieurs mois déjà, qu'elle a eu des vomissements et qu'elle a diminué de poids. Elle est faible et abattue; la douleur n'est pas localisée seulement à la fosse iliaque. Il existe un point douloureux de chaque côté dans la région de l'hypocondre. Peau jaune sale, pas de tache pigmentaire sur les muqueuses. L'état général semble s'améliorer un peu en même temps que cessent les vomissements, le pouls demeure très accéléré et la température inégale. Le 6e jour, dans la nuit, la malade meurt subitement après s'être dressée dans son lit.

A l'*autopsie,* léger degré d'appendicite, sans perforation, sans péritonite. Les poumons, les organes génitaux, etc., sont sains. Les deux capsules surrénales sont complètement caséeuses.

Observation XXXV. — Janowski. *Gazeta Lekarska,* 1898.

Femme de 25 ans, de complexion délicate, enceinte de 7 mois. Brusquement, cette femme est prise de violents frissons qui se répètent plusieurs jours ; en même temps apparurent des douleurs lombaires intenses, siégeant à droite et irradiant dans la moitié correspondante du thorax, ainsi que dans le membre supérieur du même côté. Pendant trois semaines, anorexie et vomissements répétés. A l'examen, teinte subictérique de la peau, léger œdème du tronc et de la partie postéro-inférieure droite de la cage thoracique. Le moindre attouchement de la région œdématiée provoquait de vives douleurs. Ventre un peu ballonné, rate et foie normaux; premier bruit du cœur sourd. Pouls petit, à 120. Urines normales.

Croyant avoir affaire à une néphrite suppurée, on fait une incision qui donne issue à cent centimètres cubes de pus fétide, paraissant collecté à la partie supérieuredu rein droit.

Le lendemain, la malade fit une fausse couche et mourut une heure après.

L'autopsie démontra l'existence de lésions occupant exclusivement les capsules surrénales. Les deux capsules étaient transformées en foyers purulents enkystés. Le rein gauche intact. A droite le pus avait fusé dans la capsule adipeuse.

Rien d'anormal dans les autres organes.

Observation XXXVI. — Hecford. (*The Lancet,* mars 1867.)

Jeune fille de 14 ans, après une maladie de quelques jours consistant en malaise général, refroidissement des extrémités, sans diarrhée ni vomissements, meurt brusquement. On fait le diagnostic de choléra sec.

A l'*autopsie,* les deux capsules surrénales sont caséeuses.

L'époque de la croissance semble véritablement une circonstance favorable à l'éclosion des accidents tuberculeux. Dans presque toutes les observations il s'agit en effet de sujets très jeunes, fatigués sans doute, car la plus légère infection les amène quelquefois en peu de temps aux accidents qui nous intéressent. C'est le cas pour le malade de Sergent et Bernard, pour celui de Thompson. Une simple amygdalite, un mal de gorge banal les amènent tous deux à l'hôpital. Un autre vient pour des crises simulant à s'y méprendre une appendicite, un autre pour des douleurs intenses dans la région rénale avec un œdème notable de la paroi qui fait penser à une néphrite suppurée ; l'abattement et les signes d'infection chez un autre sont si grands qu'on se figure avoir affaire à un cholérique. Bientôt les accidents légers du début s'aggravent, ou, s'ils étaient plus sérieux, ils prennent une marche tellement alarmante qu'on croit à un véritable suicide, que c'est à peine si l'on attache une part de vérité à l'affirmation du malade qui soutient qu'il n'a rien pris, — qu'on va bientôt intervenir pour une perforation intestinale — que le chirurgien fend la région lombaire et trouve une capsule surrénale transformée en vaste poche purulente, qu'on s'apprête enfin à isoler le cholérique. La mort arrête tous ces préparatifs.

Comment donc expliquer de pareilles erreurs ? C'est que nulle part il n'est question d'asthénie véritable. On note bien une ou deux fois une légère lassitude, mais si peu caractéristique, qu'on la met sur le compte d'une courbature fébrile. Quel signe de certitude, de probabilité même pourra donc orienter la pensée du médecin vers une lésion capsulaire ? Tout ici concourt à le tromper. Et cependant, à y bien regarder, ce sont les mêmes symptômes que nous relevions tout à l'heure à la fin de la maladie d'Addison ou dans les formes frustes. Ce sont les mêmes douleurs lombaires ou abdominales, la même anorexie, les mêmes vomissements, la même prostration avec hypothermie, la même tendance au collapsus ou à l'agitation avec fièvre et délire. Avec cette différence qu'ici l'insuffisance capsulaire a *été totale d'emblée* alors que plus haut elle a été partielle d'abord, puis elle s'est installée graduellement pour devenir enfin totale.

Cette forme d'insuffisance capsulaire, pour employer la comparaison de Sergent et Bernard est, aux formes précédentes ce que l'urémie lente est à l'urémie aiguë. De même que l'urémie lente se termine le plus souvent par une crise aiguë, de même l'insuffisance capsulaire lente se termine, dans la majorité des cas, par des accidents d'insuffisance capsulaire aiguë. Le début de la crise seul a varié.

Forme subaiguë.

Il resterait à parler des formes subaiguës, leur étude certes ne manquerait pas d'intérêt, mais ne serait-ce pas nous exposer à des redites fastidieuses que d'énumérer à nouveau les symptômes d'intoxication lente déjà étudiés plus haut? En somme, les observations citées dans le travail si souvent nommé et dues à Senhouse Kirkes, à Bressy, à René Marie, à Lancereaux et dont nous donnons brièvement une rapide analyse, touchent de trop près aux formes si bien mises en lumière par M. le Pr Dieulafoy et consignées par nous dans un chapitre spécial, pour en être, à notre avis, nettement séparées.

Sans doute, on pourrait à loisir multiplier les divisions, les catégories : ce serait, il nous semble, compliquer encore la question, quand une légère différence dans la durée de l'intoxication les sépare à peine, comme on peut le voir. C'est pourquoi, l'identification de ces cas étant admise, nous accepterons, avec MM. Sergent et Bernard, de remplacer le terme de « Maladie d'Addison à forme fruste » qu'a créé M. le Professeur Dieulafoy et de les décrire, avec les formes que nous venons d'étudier, sous la dénomination plus générale et plus clinique, *d'Insuffisance capsulaire*. C'est un nouveau chapitre intéressant à ajouter à la pathologie à côté des insuffisances hépatique ou rénale avec lesquelles elle a de nombreuses ressemblances.

Observation XXXVII. — Senhouse-Kirkes. *Médic. Times and Gaz.*

Homme de 25 ans, pas de maladies antérieures ; bien musclé, d'aspect robuste quoique un peu pâle. Depuis six semaines éprouve une faiblesse extrême, qui devient peu à peu de l'asthénie complète ; il ne présente pas de mélanodermie ; il est anémié, a des nausées, des syncopes, des vomissements. Tous ces symptômes vont en s'aggravant et la mort survient dans un état qui ressemble presque au choléra. La maladie a duré six semaines.

A l'autopsie les capsules surrénales, augmentées de volume, contiennent des masses caséeuses et crétacées. Quelques tubercules pulmonaires.

Observation XXXVIII. — Lancereaux. *Arch. gén. de méd.*, 1890.

Cette observation concerne un malade dont les seules manifestations cliniques de son affection capsulaire furent des signes d'empoisonnement accompagnés de hoquet, de diarrhée, de fièvre, d'abattement, suivis rapidement de mort.

A l'autopsie, tuberculose primitive des deux capsules surrénales. altérations nerveuses.

Observation XXXIX. — René Marie. *Soc. anatom.*, 1895.

Malade chez lequel les seuls symptômes furent une cachexie progressive et une fièvre constante. L'évolution morbide dura deux mois environ.

A l'autopsie, tous les organes furent trouvés sains, sauf les deux capsules surrénales entièrement caséeuses.

La mort est survenue ici par insuffisance capsulaire uniquement.

Observation XL. — Bressy. *Thèse*, 1898, Paris.

Homme de 54 ans, souffrant depuis trois mois de douleurs lombaires et de vomissements. Au premier examen, donne l'impression d'un neurasthénique. En raison de son amaigrissement on fait quelques réserves. Huit jours après son entrée il meurt subitement.

Masses caséeuses dans les deux capsules.

CONCLUSIONS

I. — La tuberculose des capsules surrénales est une affection beaucoup moins rare qu'on ne le croit généralement. Elle frappe surtout la jeunesse et n'épargne pas l'adulte.

II. — Rarement primitive, elle succède presque toujours à une localisation ganglionnaire, osseuse ou autre.

III. — Elle est souvent méconnue et cela, parce qu'elle affecte des formes variées quelquefois complexes.

IV. — Tantôt, en effet, elle réunit le syndrome d'Addison complet, tantôt elle se présente avec les signes les plus nets de l'insuffisance capsulaire expérimentale. Le diagnostic alors en est des plus délicats, que ces signes apparaissent comme accidents terminaux dans la forme addisonienne ou bien qu'ils existent seuls d'emblée.

V. — En somme, deux modes de terminaison lorsqu'il existe une lésion destructive des capsules surrénales. La cachexie et l'insuffisance capsulaire. Celle-ci peut engendrer des accidents foudroyants comme la mort subite ou des accidents subaigus simulant, à s'y méprendre, un empoisonnement.

VI. — Ces différents modes de terminaison aboutissent tous au même état final, à la mort certaine de l'individu.

BIBLIOGRAPHIE

ADDISON. — On the constitutional and local effects of disease of the suprarenal capsules, 1855. *Medical Times and Gazette*, 1868.

BENNETT. — *Medical Times*, 1856.

TROUSSEAU. — *Clinique médicale de l'Hôtel-Dieu*, t. III, 1856.

LASÈGUE. — *Archives génér. de méd.*, 1856.

THOLOZAN. — *Gazette médic. de Paris*, 1856.

DE MARTINI. — Sur un cas d'absence congénitale des C. S. *C. R. Ac. de m.*, t. III, 1856.

THOMPSON. — *Medical Times*, 1856.

GRATIOLET. — *Archiv. genér. de méd.*, t. VIII, 1856.

BROWN-SÉQUARD. — *Archiv. génér. de méd.*, 1856.

HUTCHINSON. — *Med. Times*, 1856.

DANNER. — *Arch. de méd.*, 1857.

SECOND-FERÉOL. — *Bull. de la Soc. de biologie*, 1857.

GROMIER. — *Gazette médicale de Lyon*, 1857.

FRESNE. — *Gaz. des Hôpitaux*, 1857.

CHATELAIN. — *Thèse*, Strasbourg, 1859.

LAGUILLE. — *Thèse*, Paris, 1859.

DUCLOS. — *Bulletin de thérapeutique*, 1863.

JACCOUD. — *Gazette hebdomadaire*, 1864.

MARTINEAU. — *Thèse*, Paris, 1863.

BALL. — Article bronzé. Dans le *Dictionnaire des sciences médicales*.

JACCOUD. — *Dictionnaire de méd. et de chir. pratiques*. Article bronzé. *Union médicale*, 1886.

Poirier. — *Thèse*, Paris, 1880.

Tizzoni. — *Pathologie von Ziegle*, 1889.

Alezais et Arnaud. — Travaux de physiologie expérimentale, 90, 91. *Revue de médecine*, 91.

Lewin. — *Charité Annales*, 1892.

Raymond. — *Archiv. de physiologie*, 1892.

Supino. — *Il Morgagni*, 1893.

Brault et Perruchet. — *Semaine méd.*, 1892.

Dufour. — *Thèse*, Paris, 93-94.

Brown Séquard et d'Arsonval. — *Archives de physiologie*, 91-92. *Société de biologie*, juin 1893.

Auld. — *British Medic. Journal.*, 94.

Charrin. — *Traité de pathologie générale de Bouchard*, t. II.

Ewald. — *Berliner klinish Woch.*, 1893.

Lancereaux. — *Arch. génér. de Méd.*, 1890. *Clinique médic. de l'Hôtel-Dieu*, 1893.

Abelous. — *Archives de physiologie*, 1893.

Guay. — *Thèse*, Paris, 1893.

Chauffard. — *Semaine médicale*, 1894.

Brault. — *Traité de médecine.*

Thiroloix. — *Bull. Soc. anatom.*, 1894.

Letulle. — *Presse médicale*, 1894.

Arren. — *Thèse*, Paris, 1894.

Mahé. — *Thèse*, Paris, 1894.

Shar. — *The Lancet*, 1895.

Wurtz. — *Manuel de méd.*, t. VI, 1895.

A. Pettit. — *Thèse de doctorat et sciences*, Paris, 1896.

Knowley-Stibley. — *The Lancet*, 1896.

Dupaigne. — Opothérapie surrénale chez les Addisoniens. *Thèse*, Paris, 1896.

Hansemann. — *Berliner klin. Woch.*, 1896.

Ihler. — De la mort subite dans la maladie d'Addison. *Thèse*, Paris, 1896.

Bressy. — Contribution à l'étude des formes latentes de la maladie d'Addison. *Thèse*, Paris, 1896.

HADRA et R. OEISTREICH. — *Berlin. klin. Woch.*, janvier 1897.

GOUGET. — *Société anatom.*, juillet 1897.

EBSTEIN. — *Deutch. med. Woch.*, novembre 1897.

PACKARD et STEELE. — *Medic. News*, sept. 1897.

LECOMTE. — Des hémorragies des capsules surrénales, *Thèse*, Paris, 1897.

DIEULAFOY. — Maladie d'Addison sans teinte bronzée. Formes frustes. — *Cliniq. méd. de l'Hôtel-Dieu*, 1897-98.

LANGLOIS. — Ablation expérimentale des C. S. *Thèse de la Faculté des Sciences*, Paris, 1897.

CARPENTIER. — Tuberculose des C. S. *Thèse*, Paris, 1897.

SCHWAB. — *J. améric. med. ass.*, mars 1898.

FAURE. — De la maladie d'Addison et des fonctions surrénales. *Thèse*, Paris, 1898.

DEZIROT. — De la maladie d'Addison chez l'enfant. *Thèse*, Paris, 1898.

CADE. — *Lyon médical*, juin 1898.

HEMET. — Opothérapie surrénale chez les Addisoniens. *Thèse*, Paris, 1898.

TUFFIER. — Tuberculose rénale. *Œuvre médico-chirurgicale*, Paris, 1898.

MEUNIER. — Du rôle du système nerveux dans l'infection de l'appareil broncho-pulmonaire. *Thèse*, Paris, 1896.

JONAS. — Contribution to the surgery of C. S. *Ann. Surgery, Philad.*, 1898, t. XXV.

ALEZAIS. — *Arch. de physiolog. normale et pathol.*, 1898.

CAPORALI. — Contributo ullo studio del morbo di Addison. *Riforum med. Napoli*, 1898, t. XIV.

GILBERT et GRENET. — De la mort par insuffisance capsulaire. *Rev. gén. de clin. et de thérap.*, Paris, 1898.

SMITH. — A case of Addison's desease, 1898. *Maryland Baltim*, t. XXXIX.

ANDERSON. — *The Lancet*, 1898.

BATE. — Addison's desease a clinical case. *Am. Pract et News* Louisville, 1898.

Cominotti. — 1 cas de maladie d'Addison. *Riv. veneta disc. med Venezia,* 1898.

Hayem. — La maladie d'Addison, 1898. *Tribune médic.* t. XXX.

Janowski. — *Lancet,* London. 204 p., 1898.

Linozzi. — 3 cas de maladie d'Addison. *Riforma medica. Napoli,* 1898.

Faivre. — *Poitou méd.,* 1898.

Moizard et Bernheim. — Maladie d'Addison chez l'enfant. *Arch. de méd. infantile,* 1898.

Pickardt. — *Berlin, klin. Wochesch.,* t. XXXV, 1898.

Rolleston. — Primary malignant disease of the suprarenal bodies. *Ann. Phila.,* 1898.

Silvestrini. — Observation cliniq. et recherches histologiques sur 1 cas de maladie d'Addison. *Settimana medica sperimentale,* Firenze, 1898.

Mouton. — Un cas de maladie d'Addison. *Echo médical du Nord,* Lille 1898.

Steele. — Tr. path. *Soc. Phila.,* p. 422-434, 1898.

Lartigan. — Addison's descase in children. *M. Ann.* Albany, 1899.

Sergent et Bernard. — *Soc. de biologie,* 1898.

Spitzer. — Ueber einen Fall von morbus Addisonii. *Allg. Wien, med. Zty.,* p. 576.

Maurangé. — De la valeur de l'opothérapie surrénale dans la maladie d'Addison. *Gaz. hebdom. de méd.,* 1898.

Amabilino. — *Riforma medica,* avril 1899.

Barbier et Frenkel. — *Soc. de biologie,* juin 1899.

Langlois. — *Soc. de biologie,* février 1899.

Hallion. — Physiologie normale et pathologique du corps thyroïde et des capsules surrénales. *Archives générales de médecine,* octobre 1899.

Hauser. — *Soc. anatom.,* t. XXIV, 1899.

Sergent et Bernard. — Sur un syndrome clinique non addisonien à évolution aiguë, lié à l'insuffisance capsulaire. *Arch. génér. de méd.,* juillet 1899.

RENDU. — Maladie d'Addison. *Méd. moderne,* p. 153-155, t. X. *Bulletin de la Soc. méd. des hôpitaux,* 3e sem., p. 105, 1899.

THIBIERGE. — Maladie d'Addison chez un nègre arabe. *Gazette des Hôpitaux,* 1899.

COUZIN. — Accidents aigus de la tuberculose des capsules surrénales. *Thèse,* Paris, 1899.

KLIPPEL. — *Société de Neurologie,* décembre 1899.

BRECY. — *Bulletin de la Société anatomique,* décembre 1899.

CHARTRES — IMPRIMERIE DURAND, RUE FULBERT.

www.ingramcontent.com/pod-product-compliance
Ingram Content Group UK Ltd.
Pitfield, Milton Keynes, MK11 3LW, UK
UKHW021059270726
13994UKWH00009B/1411

www.ingramcontent.com/pod-product-compliance
Ingram Content Group UK Ltd.
Pitfield, Milton Keynes, MK11 3LW, UK
UKHW021100270726
13994UKWH00009B/1723

sont marquées
d'un *

Bibliothèque illustree de Mademoiselle Lili et de son cousin Lucien.

125 ALBUMS STAHL

PREMIER ET SECOND AGES. — JEUNES FILLES. — JEUNES GARÇONS

Albums en couleurs, dessins de FRŒLICH, GEOFFROY, MATTHIS, TINANT, BECKER, etc.

PRIX : *Cartonnés*, 1 fr. ; *Toile dorée*, 2 fr. 50.

* LES CHAGRINS DE DICK.
* LES ANIMAUX DOMESTIQUES.
UNE MAISON INHABITABLE.
L'HOMME A LA FLUTE.
L'ANE GRIS. JOHN CABRIOLE.
DU HAUT EN BAS.
UN VOYAGE DANS LA NEIGE.
LE PAUVRE ANE. DON QUICHOTTE.
L'APPRENTISSAGE DU SOLDAT.
LA REVANCHE DE CASSANDRE.
UNE DROLE D'ÉCOLE.
LA GUERRE SUR LES TOITS.
L'ANNIVERSAIRE DE LUCY.
ALPHABET MUSICAL de Mlle LILI.

UNE CHASSE EXTRAORDINAIRE
LA REVANCHE DE FRANÇOIS.
LES PÊCHEURS ENNEMIS.
MADEMOISELLE SUZON.
LA LEÇON D'ÉQUITATION.
MADEMOISELLE FURET.
MÉTAMORPHOSES DU PAPILLON.
LA PÊCHE AU TIGRE.
JEAN LE HARGNEUX. — M. CÉSAR.
LE POMMIER DE ROBERT.
LA BRIDE SUR LE COU.
LE CIRQUE A LA MAISON.
LE MOULIN A PAROLES.
HECTOR LE FANFARON.

CHANSONS ET RONDES.
SUR LE PONT D'AVIGNON.
LA MÈRE MICHEL. — GULLIVER.
LA MARMOTTE EN VIE.
NOUS N'IRONS PLUS AU BOIS.
M. DE LA PALISSE. — M. DE CRAC.
LE ROI DAGOBERT — MALBROUGH.
GIROFLÉ, GIROFLA.
LA TOUR, PRENDS GARDE.
LA BOULANGÈRE A DES ÉCUS.
IL ÉTAIT UNE BERGÈRE.
CADET ROUSSEL.
AU CLAIR DE LA LUNE.
COMPÈRE GUILLERI.

HISTOIRE D'UN AQUARIUM ET DE SES HABITANTS, texte par VAN BRUYSSEL, 8 dessins par RIOU. — PRIX : *Cart.* 4 fr. 50; *Toile*, 6 fr.

Albums en noir de 24 à 28 dessins. — Prix : *Cartonnés*, 2 fr.; *Toile dorée*, 4 fr.

DESSINS DE FRŒLICH

* Première chasse de Jujules.
Les petits Bergers. Pierre et Paul.
La Poupée de Mademoiselle Lili.
Mademoiselle Lili en Suisse.
La journée de Monsieur Jujules.
Les Jumeaux. — La Fête de Papa.
Un drôle de Chien. — M. Toc-Toc.
Le Jardin de Monsieur Jujules.
La Fête de Mademoiselle Lili.

Le 1er Chien et le 1er Pantalon.
La Crème au Chocolat.
Monsieur Jujules à l'École.
La Salade de la grande Jeanne.
Alphabet de Mademoiselle Lili.
Arithmétique de Mademoiselle Lili.
Les Commandements du Grand-Papa.
Les 1res Armes de Mademoiselle Lili.
Mademoiselle Lili aux Eaux.

Cerf-Agile. — Le petit Diable.
L'A perdu de Mademoiselle Babet.
La Grammaire de Mlle Lili (J. MACÉ).
Bonsoir, petit Père.
Caprices de Manette (De Chesnetières)
La Journée de Mademoiselle Lili.
Mademoiselle Lili à la Campagne.
Le 1er Cheval et la 1re Voiture.
L'Ours de Sibérie.

DESSINS DE FROMENT.

* Scènes familières. — Au Château.
Petites Tragédies. Le petit Acrobate.

Le petit Escamoteur.
La petite Devineresse.

Histoire d'un Pain rond
La Boite au Lait.

DESSINS DE G. FATH.

Le Docteur Bilboquet.
Une folle Soirée chez Paillasse.

La Famille Gringalet.
Gribouille. — Pierrot à l'École.

Jocrisse et sa Sœur.
Les Méfaits de Polichinelle.

BECKER. — L'Alphabet des Oiseaux.
— L'Alphabet des Insectes.
COINCHON. — Histoire d'une Mère.
DETAILLE. — Les bonnes idées de Mlle Rose.
GEOFFROY. — Le Paradis de M. Toto. — L'âge de l'École.
— La 1re Cause de l'Avocat Juliette.
GRISET. — Découverte de Londres.
JUNDT. — L'École buissonnière et ses suites.
LALAUZE. — Le Rosier du petit Frère.

E. LAMBERT. — Chiens et Chats.
LANÇON. — Caporal, chien du Régiment.
A. MARIE. — Le petit Tyran.
MATTHIS. — Les deux Sœurs.
MÉAULLE. — Robinsons de Fontainebleau.
PIRODON. — Histoire d'un Perroquet.
— La Pie de Marguerite. — Bob aîné.
TH. SCHULER. — Les travaux d'Alsa.
VALTON. — Mon petit Frère.

Albums gr. in-8° de 32 à 100 dessins. — PRIX : *Cartonnés*, 4 fr. 50; *Toile dorée*, 6 fr.

Monsieur Jujules.	Dessins de FRŒLICH.
Voyage de Mlle Lili autour du Monde.	id.
Petites Sœurs et petites Mamans.	id.
Mademoiselle Mouvette.	id.
La Révolte punie.	id.
Voyage de Découvertes de Mlle Lili.	id.

GRISET. — Aventures de trois vieux Marins.
— Pierre le Cruel.
FROMENT. — La belle petite Princesse Ilsée.
— La chasse au Volant.
CHAM. — L'odyssée de Pataud.
TH. SCHULER. — 1er Livre des petits Enfants.

PETITE BIBLIOTHÈQUE BLANCHE

Volumes gr. in-16 illustrés. — PRIX : *Brochés*, 1 fr. 50; *Cartonnés Toile genre aquarelle*, 2 fr.

ALPH. KARR. — Les Fées de la Mer.
AUSTIN. — Boulotte.
BAUDE. — Mythologie de la Jeunesse.
BERTIN (M.). — Les Douze. — Les deux côtés du Mur.
— Voyage au pays des défauts.
BIGNON. — Un singulier petit Homme.
CHAZEL (Prosper). — Riquette.
CHERVILLE (DE). — Histoire d'un trop bon Chien.
CRÉTIN-LEMAIRE. — Le livre de Trotty.
DICKENS (Ch.). — L'Embranchement de Mugby.
DIENY (F.). — La Patrie avant tout.
DUMAS (A.). — La Bouillie de la comtesse Berthe.
DURAND (H.). — Histoire d'une bonne aiguille.
FEUILLET (Octave). — La Vie de Polichinelle.
GÉNIN (M.). — Le petit Tailleur Bouton.
— Les Pigeons de Saint-Marc. — Un petit Héros.
— Marco et Tonino.
— * Les Grottes de Plémont, *suivi de* Pain d'épice.
GENNEVRAYE. — Petit Théâtre de Famille.
GOZLAN (Léon). — Le prince Chénevis.

LA BÉDOLLIÈRE (DE). — La Mère Michel et son Chat.
LACOME. — La Musique en Famille.
LEMOINE. — La Guerre pendant les Vacances.
LEMONNIER. — Bébés et Joujoux.
— Histoires de huit Bêtes et d'une Poupée.
LOCKROY (S.). — Les Fées de la Famille.
MULLER. — Récits enfantins.
MUSSET (P. DE). — M. le Vent et Mme la Pluie.
NODIER (Ch.) — Trésor des Fèves et Fleur des Pois.
NOËL (Eugène). — La Vie des Fleurs.
OURLIAC (E.). — Le prince Coqueluche.
PERRAULT (P.). — Les Lunettes de Grand'Maman.
SAND (George). — Gribouille.
SPARK (E.). — * Fabliaux et Paraboles.
STAHL (P.-J.). Les Aventures de Tom Pouce.
VAN BRUYSSEL. — Les Clients d'un vieux Poirier.
VERNE (J.). — Christophe Colomb.
— Un hivernage dans les Glaces.
VILLERS (DE). — Les Souliers de mon Voisin.
VIOLLET-LE-DUC. — Le Siège de La Roche-Pont.

MAGASIN ILLUSTRÉ D'ÉDUCATION ET DE RÉCRÉATION

COURONNÉ PAR L'ACADÉMIE FRANÇAISE

Fondé par P.-J. STAHL en 1864

DIRECTEURS : JULES VERNE, J. HETZEL, JEAN MACÉ

Abonnement d'un an : Paris, 14 fr.; Départements, 16 fr.; Union postale, 17 fr.

J

XXII

Chacun — et Mlle Lili toute la première — est fort intrigué. — Quelle peut être cette surprise? On court au jardin déjà plongé dans l'obscurité.

Tout à coup, à l'autre extrémité de la pelouse, jaillit une gerbe de feux de toutes les couleurs, suivie de mille fusées, soleils et autres pièces d'artifice.

Les spectateurs, étonnés autant que ravis, applaudissent à tout rompre et les cris de « Vive Toto! » se mêlent à ceux de « Vive Lili! ».

Après le bouquet, qui fut splendide, chacun prit congé de Mlle Lili et s'en fut coucher; il était près de minuit. On parlera longtemps de cette fête.

XXI

Le dîner a été très gai. On a trinqué — avec du champagne — à la santé de Mlle Lili. Puis on a passé au salon où M. Toto a récité un monologue qui a été fort applaudi.

On a ensuite dansé.

A un certain moment, tandis que les danseurs se reposaient un peu, M. Toto s'est écrié : « Mesdemoiselles et Messieurs, vous êtes priés de venir dans le jardin où une surprise vous attend. »

XX

Quelques instants avant le dîner, Mlle Lili est venue donner un dernier coup d'œil dans la salle à manger.

Il y a sur la table un grand vase de fleurs du plus bel effet.

Mlle Lili complète la décoration en posant une rose sur le verre de chaque convive.

Mlle Lili a beaucoup de goût.

XIX

Au jour dit, par un après-midi superbe, tous les amis de Mlle Lili sont au rendez-vous.

M. Toto et M. Lucien se sont improvisés les commissaires de la fête. Ils organisent les jeux et communiquent leur entrain aux invités.

Mlle Lili prend sa bonne part de plaisir. Elle est heureuse du succès de sa réunion qu'elle trouve genre *garden-party*.

XVIII

M. Toto a décidé de se distinguer à cette occasion.

Il a confié son secret à M. Lucien, et tous les deux, mystérieusement, se sont enfermés dans une petite resserre du jardinier ; pour plus de sûreté, un de leurs petits amis est en sentinelle à la fenêtre.

Là, ces messieurs ont confectionné des pétards, des fusées, disposé toutes les pièces d'un feu d'artifice.

M. Toto est bien imprudent, mais il était autrefois si poltron qu'il veut le faire oublier.

XVII

Mlle Lili prenait déjà la plume pour rédiger ses invitations, lorsque l'idée lui vint qu'il serait bien plus agréable d'aller elle-même les faire de vive voix. Ce serait un excellent moyen d'être certaine que personne ne pourrait se récuser.

Mlle Lili est partout admirablement reçue et son invitation acceptée avec enthousiasme.

XVI

Mlle Lili a pensé, que pour sa fête, il serait très amusant de réunir ses amis et ils sont nombreux.

Elle obtient sans peine de sa maman la permission de les inviter tous — sans oublier son cousin Lucien et son inséparable Toto.

Il y aura jeux et danses sur la pelouse, goûter, dîner et bal. Une fête complète.

XV

M. Jean a tenu sa promesse ; aussi, quand son papa revient et le félicite, il ne craint pas de regarder ses yeux, qu'il trouve très doux et ne ressemblant en rien à ceux du portrait.

Une fois son ami Toto parti, Mlle Lili est allée dans le salon regarder les portraits de son papa et de sa maman, et il lui a aussi bien semblé que les yeux de ces portraits la suivaient partout.

XIV

Maman a pardonné après avoir fait comprendre à M. Jean la gravité de sa faute. Celui-ci a promis d'être toujours sage, et le portrait de son papa a été témoin de cette promesse. Pour ne pas l'oublier, même hors de la maison, M. Jean, chaque fois qu'il sort, emporte dans sa poche la photographie de son papa.

Mlle Lili, la prochaine fois qu'elle le verra, demandera à M. Jean de lui montrer le portrait de son papa.

XIII

La maman de M. Jean, entendant ce remue-ménage, est accourue, et, du premier coup d'œil, elle a tout deviné.

Déjà très attristée par l'absence de son mari, elle ne peut s'empêcher de pleurer.

M. Jean, honteux et repentant, se jette aux genoux de sa maman et implore son pardon.

XII

M. Jean a une inspiration qu'il juge excellente et qu'il met sans tarder à exécution.

Il pousse — non sans peine et sans bruit — jusque devant le portrait de son papa, un fauteuil dont le dossier est très élevé et derrière lequel il est certain d'échapper aux regards du portrait.

XI

M. Toto a un autre jour raconté ce qu'avait fait son petit frère Jean-Touche-à-tout pendant que leur papa était en voyage. Celui-ci avait recommandé d'être bien sage et de ne toucher à rien sans permission. Or, dans le salon, il y a certain coffret qui depuis longtemps attire la curiosité de M. Jean. Que peut-il renfermer? M. Jean s'est emparé du coffret; mais, au moment de l'ouvrir, ses yeux ont rencontré ceux du portrait de son papa fixés sévèrement sur lui. M. Jean s'est trouvé dans un grand embarras.

X

Le papa de M. Toto a alors proposé à son fils de venir — en sa compagnie — chercher le journal. M. Toto s'est retrouvé bientôt au milieu de l'essaim de papillons et il a entendu le battement d'ailes de la chauve-souris. N'ayant plus peur, il s'est armé de son mouchoir et s'est mis à la poursuite de l'animal, qui a pris la fuite et a disparu dans la nuit pour ne plus revenir. Mlle Lili s'est beaucoup amusée au récit de cette aventure.

IX

Enfin, voilà M. Toto à l'abri, sain et sauf, mais encore tout tremblant de la vive émotion qu'il vient d'éprouver. Son papa s'informe, et au premier mot comprend l'inanité du danger couru par M. Toto. Il profite de l'occasion pour donner à son fils une excellente leçon de choses et en même temps lui enseigner qu'en face d'un danger il faut avant tout conserver son sang-froid, s'assurer si ce danger est réel ou imaginaire, et y parer si besoin est.

VIII

M. Toto est rentré presque aussitôt, déclarant que dehors il faisait noir comme dans un four et qu'il était nécessaire d'allumer une lanterne. Il repart. Mais, à peine à moitié chemin, il s'arrête, saisi de terreur. Une chauve-souris est venue se cogner contre sa joue, et un essaim de papillons, attiré par la lumière, volette autour de lui. Sans chercher la cause de ce remue-ménage, il a fait demi-tour et a pris sa course le long du taillis.

VII

M. Toto vient de temps à autre lui tenir compagnie et il a toujours quelque chose de nouveau à lui raconter. L'autre soir, à peine au dessert, il ressentait des envies de sauter à terre, de courir, de se dégourdir les jambes. Son papa, pour lui fournir un prétexte de s'échapper de table, lui demanda d'aller lui chercher son journal qu'il avait laissé au jardin.

Sans se faire prier, M. Toto est sorti.

VI

Pour se distraire, Mlle Lili a organisé dans le salon un véritable jardin; elle vient s'installer avec ses poupées auprès de la jardinière et, dans les allées qu'elle a ménagées entre ses pots de fleurs et ses plantes vertes, ce sont des parties de cache-cache, de chat-perché, de quatre-coins, très amusantes qui procurent autant de plaisir à Mlle Lili que si elle avait pu faire sa promenade habituelle au Luxembourg ou aux Tuileries.

V

Mlle Lili a trempé le bout de sa langue dans une solution calmante que lui a tout de suite préparée sa maman. La douleur a disparu et Mlle Lili a remercié sa maman. A l'avenir, elle sera plus prudente et prendra conseil des grandes personnes.

En attendant, elle doit garder la chambre.

IV

C'est tout en pleurs que Mlle Lili arrive auprès de sa maman, à qui elle a grand'peine à expliquer son accident :

« Pourvu qu'il ne faille pas me couper le bout de la langue !... » termine-t-elle en bégayant.

III

Fâcheuse idée !... On ne devient pas repasseuse sans un apprentissage. Mlle Lili a trop approché le bout de sa langue, et la douleur a été si vive que le fer qu'elle tenait à la main lui échappe. La voilà courant droit devant elle en poussant de véritables hurlements.

II

Mlle Lili, ménagère accomplie, du moins s'estime-t-elle ainsi, veut repasser les jupons de sa poupée; mais, dans la crainte de les brûler, elle tient à s'assurer que le fer n'est pas trop chaud.

Sa langue, qui lui sert déjà à tant d'usages, lui servira cette fois de thermomètre.

MADEMOISELLE LILI ET SES AMIS

I

En consultant le calendrier avec sa maman, Mlle Lili a vu que sa fête doit avoir lieu dans quinze jours. Elle ne dit rien à personne de sa découverte pour laisser à ses amis le plaisir de lui faire une surprise. Mais en elle-même elle pense qu'elle a beaucoup de choses à préparer, quand ce ne serait que de mettre ses poupées en état de faire bonne figure pour ce grand jour.

Bibliothèque de Mademoiselle Lili
et de son cousin Lucien

Mademoiselle Lili ET ses Amis

UN PAPA

DESSINS DE L. FRŒLICH

J. HETZEL ÉDITEUR
18, RUE JACOB, PARIS (VIe)

MADEMOISELLE LILI
ET
SES AMIS

COLLECTION HETZEL

BIBLIOTHÈQUE

DE Mlle LILI

ET DE SON COUSIN LUCIEN

DESSINS DE L. FRŒLICH

Mlle LILI ET SES AMIS

TEXTE PAR P. J. STAHL

BIBLIOTHÈQUE D'ÉDUCATION et de RÉCRÉATION
J. HETZEL & Cie 18 rue JACOB
PARIS